Klaus Kordon
Zugvögel
oder
Irgendwo im Norden

Klaus Kordon

# ZUGVÖGEL
oder
Irgendwo im Norden

Erzählung

Spectrum Verlag

Einbandgestaltung: Gerhard Maßem
Satz: Remsdruck, Schwäbisch Gmünd
Druck u. buchb. Verarbeitung: Ebner Ulm
ISBN 3-7976-1392-X

# 1

Der Mann auf dem Bootssteg ist nicht sehr geschickt im Umgang mit der Angel. Er sieht auch nicht aus wie einer, der unbedingt einen Fisch fangen will. Umständlich wirft er zum zweiten Mal die Angel aus, und während er den Blinker langsam zurückkurbelt, schaut er zu dem Jungen hin. »Komm doch her.«

Der Junge tritt ans Ufer heran, schiebt die Daumen in die Gürtelschlaufen seiner Jeans und bleibt stehen.

»Was ist? Warum kommst du nicht?« Der Mann läßt den Blinker ein drittes Mal hinaussurren. »Vielleicht bringst du mir Glück.«

Der Junge betritt den Steg und setzt sich zwei Meter hinter dem Mann auf die Holzplanken. Der Mann nickt ihm zu und fischt weiter im See, mal wirft er den Blinker nach rechts, mal nach links, um sein Glück in der Nähe des dicht mit Schilf bewachsenen Ufers zu versuchen, mal wirft er ihn weit in den See hinaus. Erst nachdem er längere Zeit erfolglos im See herumgefischt hat, dreht er sich wieder um. »Es hilft nichts, sie beißen nicht. Dabei haben die in dem Restaurant gegenüber gesagt, der See sei voller Hechte. Entweder haben die sich einen Spaß mit mir erlaubt oder ich mach irgend etwas falsch.«

»Darf ich mal?«

»Na klar! Warum denn nicht.« Der Mann drückt dem

Jungen die Angel in die Hand. »Kannst du damit umgehen?«
»Ja.« Der Junge übernimmt die Rute und wirft den Blinker so geschickt und weit aus, daß der Mann erstaunt guckt. Aber er sagt nichts dazu, er setzt sich auf den Steg und dreht sich eine Zigarette. »Daß es sowas noch gibt, solche Seen!« Er läßt die Beine baumeln und raucht, sich immer wieder zufrieden umblickend.
Der Junge antwortet nicht. Mit zusammengekniffenen Augen schaut er auf den See hinaus, dorthin, wo der Kork auf der Wasseroberfläche tanzt, und langsam, viel langsamer als der Mann es getan hatte, kurbelt er den Blinker heran; doch der erste Wurf bleibt erfolglos.
»Gott sei Dank! Das hätte mir noch gefehlt, daß du gleich einen rausholst.« Der Mann grinst, aber als der Junge ihm die Rute wieder hinhält, wehrt er ab. »Mach ruhig weiter. Zugucken macht auch Spaß.«
Eine Zeitlang angelt der Junge, und der Mann schaut zu, dann fragt er unvermittelt: »Ich mach mir einen Tee. Willst du auch einen?« Der Junge nickt stumm.
Der Mann schnippt den Rest seiner Zigarette ins Wasser und steht auf. Als er den Steg verlassen hat und die Uferböschung emporsteigt, dreht der Junge sich um und schaut dem Mann nach. Das alte, runde Zelt neben dem in der Sonne glänzenden blauen BMW, diese seltsame Kombination zwischen alt und neu, war es, die ihn auf den einsamen Angler aufmerksam machte.

Die Kurbel beginnt zu rasen. Der Junge fährt herum, stemmt sich mit beiden Beinen fest auf den Bootssteg, greift nach der Kurbel, wartet noch einen Augenblick und sperrt die Rolle. Es gibt einen Ruck, der rasende Lauf der Sehne wird gestoppt, die Rute spannt sich.
Es hat einer angebissen; dem Tempo nach, in dem die Rolle ablief, ein ziemlich großer Kerl. Vorsichtig löst der Junge die Sperre, damit der Fisch in seinem verzweifelten Kampf nicht die Sehne zerreißt. Sofort beginnt die Rolle wieder zu rasen. Der Junge sperrt die Rolle erneut, löst sie dann wieder. Er wiederholt das Spiel einige Male; er muß den Fisch sich müde kämpfen lassen, muß ihm immer wieder Sehne geben, um ihn dann zu stoppen.
Der Mann kommt zurück. Er geht schnell über die knarrenden Holzplanken; der Junge hört ihn nur, hat keine Zeit sich umzuwenden.
»Hast du einen dran?«
»Ja! Einen ziemlichen Brocken, glaube ich.«
Der Mann stellt die beiden Henkeltassen ab, kniet sich neben dem Jungen hin und prüft mit der Hand die straffgespannte Sehne.
»Die reißt nicht. Die ist gut.«
»Du scheinst ja wirklich Ahnung zu haben.« Der Mann schaut auf den See hinaus, wo der Fisch nun springt, immer wieder springt er aus dem Wasser heraus und platscht in den See zurück.

»Tatsächlich, ein Hecht! Und ein Mordskerl!« Der Mann ist aufgeregt, er möchte etwas tun, möchte dem Jungen helfen, aber er weiß nicht, was er tun soll; hilflos und ein wenig ärgerlich, daß er dieses Erlebnis nicht selber auskosten kann, steht er neben dem Jungen.

»Den Kescher! Nehmen Sie den Kescher.« Der Junge beginnt, den Hecht zurückzukurbeln. Er tut das sehr behutsam, gibt ihm zwischendurch Sehne, läßt ihn immer wieder in den See hinausrasen, bekommt ihn so Meter für Meter näher an den Steg heran.

»Welch ein Bursche!« staunt der Mann ein um das andere Mal, denn je näher der Junge den Hecht an den Steg heranholt, desto deutlicher werden dessen Ausmaße.

Der Junge muß lachen. Die Begeisterung des Mannes gefällt ihm. Der Mann lacht mit. Er schwenkt den Kescher hin und her und ruft: »Wir sind ein prima Team, gegen uns hat er keine Chance.«

Der Hecht ist nur noch zwei, drei Meter vom Steg entfernt. Die beiden auf dem Steg können seine längliche Schnauze und die gelbliche Marmorierung in dem graugrünen Fischkörper gut erkennen. Der Mann angelt mit dem Kescher im Wasser herum, obwohl er den Hecht noch nicht erreichen kann, der Junge hält vor Spannung die Luft an. Er hat es schon oft genug erlebt, daß so ein Bursche sich im allerletzten Moment doch noch losriß.

Der Mann jubelt. Er hat den Hecht im Kescher. Vorsichtig hebt er ihn aus dem Wasser.
Der Hecht ist wirklich ein Brocken, der Stiel, an dem das Netz des Keschers befestigt ist, biegt sich unter der Last.
Gefangen im Kescher liegt der Hecht auf dem Steg, schlägt mit der schmalen, kräftigen Schwanzflosse, bewegt die mächtigen Kiemen. Der Mann nimmt das lange Messer aus seiner Leinentasche, zögert. Kurzentschlossen legt der Junge die Angelrute auf den Steg, nimmt dem Mann das Messer ab und schlägt dem Fisch mit dem Knauf solange auf den Kopf, bis er sich nicht mehr rührt. Dann nimmt er ihn aus dem Netz, setzt unterhalb der Kiemen das Messer an und läßt ihn ausbluten.
Der Mann beobachtete stumm den Jungen, nun fragt er: »Kannst du ihn auch ausnehmen?«
Der Junge setzt das Messer an und schlitzt den Hecht mit einem Schnitt bis zum Schwanz auf.
»Wo hast du das gelernt?«
»In den Ferien.« Der Junge trennt den Kopf ab, nimmt den Fisch aus, wirft Eingeweide und Kopf in den See und spült den Körper im Seewasser sauber.
»Jetzt mußt du aber auch mitessen«, sagt der Mann. »Erstens ist der Hecht viel zu groß für einen allein, und zweitens warst du es ja, der ihn gefangen hat.«
Der Junge überlegt nicht lange. »Wir grillen ihn. Wir machen ein Lagerfeuer und grillen ihn.«

»Kannst du das auch?«
»Wenn Sie Salz und Pfeffer haben.«

Der Mann entfacht dicht am See ein Feuer, der Junge legt den Hecht auf eine Plastiktüte, reibt ihn innen und außen mit Salz, Pfeffer und Paprika ein, schiebt einen Ast zwischen die Bauchlappen des Fischs und näht die Bauchlappen mit Nadel und Garn locker zusammen.
»Wie du das machst! Wo hast du denn deine Ferien verlebt?«
»In der Türkei.«
»Bist du Türke?«
»Ja.«
Der Mann drückt links und rechts von dem Feuer zwei Astgabeln in die Erde. Er hat gesehen, daß der Junge kein Deutscher ist, er hatte auch auf Grieche oder Türke getippt; vielleicht sogar Araber, der Junge ist ziemlich dunkel. »Dann warst du also mit deinen Eltern in den Ferien zu Hause?«
»Ich bin hier zu Hause.« Der Junge sagt das leise, aber mit einer solchen Betonung, daß der Mann aufhorcht. Der Junge stochert in der Glut herum, damit die Flammen nicht zu hoch schlagen, legt den Ast mit dem Hecht in die beiden Astgabeln und probiert aus, ob sich der Ast in den Gabeln drehen läßt. Dann setzt er sich neben das Feuer, stützt die Ellenbogen auf die Knie und den Kopf in die Hände.

»Ohne dich«, sagt der Mann, »hätte ich bestimmt keinen Fisch gefangen.«
Der Junge schaut in die Flammen, dreht hin und wieder den Ast mit dem Hecht und bleibt ernst.
»Ich habe nämlich keine Ahnung vom Angeln«, fährt der Mann fort. »Ich habe mir das ganze Zeug erst gestern gekauft.«
»Und das Zelt?«
»Das ist alt.« Der Mann beugt sich vor, hält einen Zweig ins Feuer und führt ihn, als er glüht, an die Zigarette in seinem Mund. Als die Zigarette brennt, sagt er: »Es ist fast so alt wie ich. Als Kinder, damals nach dem Krieg, sind wir oft zelten gefahren.«
Der Junge dreht den Fisch und fragt nichts weiter.
»Wann mußt du zu Hause sein?«
»Ich hab Zeit.«
»Bist du aus dieser Gegend? Oder bist du nur zu Besuch hier?«
Der Junge überlegt, bevor er antwortet. »Ich bin mit dem Bus hierhergefahren. Wir wohnen in der Stadt.«
Der Mann wartet, als nichts mehr kommt, sagt er: »So einen schönen Tag habe ich schon lange nicht mehr erlebt. Den ganzen Tag nur der See, der Wald und ich. Und du natürlich.«
Der Junge schaut zu dem Auto hin und blickt dann wieder ins Feuer.
»Wie heißt du eigentlich?«

»Yasar.«
Der Mann wirft seinen Zigarettenstummel ins Feuer. »Ich heiße Werner. Wenn du willst, kannst du du zu mir sagen.«
Der Mann ist ungefähr fünfundvierzig Jahre alt, also älter als der Vater, erste graue Strähnen durchziehen sein Haar; der Junge kann ihn nicht einfach duzen.

## 2

Die Sonne versinkt auf der anderen Seite des Sees hinter den Kiefern. Der See ist nun dunkel und tief und riecht, das Schilf raschelt im Abendwind. Der Mann und der Junge haben sich auf Zweige gespießtes Toastbrot über dem Feuer geröstet, gegrilltes Hechtfleisch dazugegessen und Tee getrunken, Tee aus frischen Pfefferminzkräutern, die der Mann unweit des Lagerfeuers fand. Nun sind sie satt und schweigen zufrieden, bis der Mann auf seine Armbanduhr schaut. »Soll ich dich nach Hause bringen?«
»Ich gehe nicht mehr nach Hause.«
»So etwas ähnliches habe ich mir schon gedacht. Wo willst du denn hin?«

Der Junge zuckt die Achseln.
»Du könntest ja bis morgen bei mir bleiben, in meinem Zelt ist Platz genug. Morgen fahre ich weiter, ich bleibe nie lange an einem Fleck.«
»Und wo fahren Sie hin?«
»Ich habe mir eine Karte gekauft, der nächste See ist der Kiessee.«
»Den kenne ich. Da waren wir früher öfter.«
»Gibt's da auch Hechte?«
»Weiß ich nicht. Das ist ein Privatsee, da darf man nicht angeln.«
»Darf man da zelten?«
»Wir sind immer nur gewandert. Dort gibt's viele Pilze.«
»Also eine ziemlich einsame Ecke?«
Der Junge nickt still, dann sieht er den Mann über das Feuer hinweg lange an und fragt: »Darf ich mitfahren?«
Der Mann ist überrascht. »Ich komme so schnell nicht wieder; ich wollte eigentlich überhaupt nicht mehr hierher zurück.«
Der Junge stochert im Feuer herum.
»Denk doch mal an deine Eltern, die machen sich doch Sorgen, schalten vielleicht sogar die Polizei ein.«
»Ich gehe trotzdem nicht nach Hause zurück.«
»Aber du bist doch bestimmt noch in der Ausbildung.«
»Ich geh noch zur Schule.«
»Habt ihr denn hier schon Ferien?«
»Sie haben gerade angefangen.«

Der Mann denkt nach, dann fragt er: »Und warum willst du nicht nach Hause zurück? Ich meine, das mußt du mir schon sagen, wenn du tatsächlich . . . aber das soll keine Zusage sein.«
»Meine Eltern wollen in die Türkei zurück. Sie haben Angst bekommen, sie glauben, die Deutschen schicken uns sowieso bald nach Hause zurück.«
»Das ist ja mal was ganz Neues. Ich denke, die Ausländer wollen hierbleiben, ihre Kinder nachholen. Bekommt dein Vater denn in der Türkei eine Arbeit?«
»Er meint, die Chance, in der Türkei eine Arbeit zu finden, ist größer, wenn wir vor den anderen heimkehren. Er ist sehr stolz, er sagt: Wenn ich unerwünscht bin, bitte, dann gehe ich eben. Er fühlt sich beleidigt: Erst haben sie uns gebraucht, da haben sie uns geholt, jetzt glauben sie, uns nicht mehr zu benötigen, also – weg mit euch, Ausländerpack! Er mag die Deutschen immer weniger, hat immer öfter Streit mit seinen deutschen Kollegen, ist dann auch abends noch traurig.« Der Junge seufzt tief. »Einige von Vaters türkischen Kollegen sind schon in die Heimat zurück, die meisten aber nehmen lieber Ärger in Kauf, als in die Türkei zurückzukehren, weil sie genau wissen, daß sie dort keine Arbeit finden. Vater will auch zurück, er sagt, er hält es nicht mehr aus. Er stirbt nochmal an seinem Stolz.«
»An seinem Stolz sterben . . .« Der Mann wiederholt den Satz. »Wo hast du denn das her?«

»Großvater hat das oft zu Vater gesagt.«
Eine Zeitlang ist es still am Lagerfeuer, weder der Mann noch der Junge sagen etwas, dann fragt der Mann, wie um sich noch einmal zu vergewissern: »Und du willst also nicht mit?«
»Was soll ich denn dort? Meine Eltern sind dort zu Hause, aber nicht ich. Ich bin als Säugling nach Deutschland gekommen, ich kann kaum türkisch. Ich denke deutsch und fühle deutsch, genauso wie alle anderen in meiner Klasse.«
»Ich verstehe.«
»In der Türkei sagen sie Aleman zu mir, das heißt Deutscher; für die Türken in der Türkei bin ich kein richtiger Türke, für die bin ich ein Deutscher, nur für die Deutschen bin ich ein Türke. Einer wie ich lebt zwischen zwei Feuern. Wohin er auch geht, er verbrennt sich.« So hat der Großvater seine Situation charakterisiert, und er hat recht: Genauso ist es.
Der Junge legt Holz in die Glut, das schnell von Flammen beleckt wird. »Als ich klein war«, erzählt er, »habe ich mich immer auf die Ferien in der Türkei gefreut. Meine Eltern schwärmten von zu Hause. Und es war ja auch schön, Vaters Eltern leben in einem Fischerdorf nicht weit vom Meer. Wir sind mit dem Boot rausgefahren, haben geangelt, gegrillt und am Strand Fußball gespielt. Aber das waren Ferien. Als meine Eltern zum ersten Mal davon sprachen, wieder heimzukehren, war

ich richtig erschrocken. Sie haben ein ganz anderes Zuhause als ich.«

Der Mann wischt sich die Hände an seinen Jeans ab, um sich eine Zigarette zu drehen. »Schwierige Situation! Aber da kann dir wohl keiner helfen.« Dann, mitten im Drehen, hält er plötzlich inne. »Wie alt bist du eigentlich?«

»Fünfzehn.«

»Ich hätte gedacht, du bist älter. Du mußt dich doch bestimmt schon rasieren?«

Der Junge muß lachen. »Alle drei, vier Tage.«

»Na, immerhin!« Der Mann steckt sich seine Zigarette an. »Also, wenn du willst, bis zur nächsten Rasur kannst du bei mir bleiben.«

Die Nacht kommt über den See, das Gequake der Frösche, das Zirpen der Grillen und die Stimmen, die ab und zu von dem Restaurant her über den See wehen, sind die einzigen Geräusche, die die Stille unterbrechen. Bald ist es rings um das Lagerfeuer dunkel, die Flammen werfen Schatten auf die Uferböschung.

Der Mann geht an sein Auto. Als er zurückkommt, hat er eine Strickjacke übergezogen und hält einen Pullover in der Hand. »Zieh ihn an«, sagt er. »Abends ist es um diese Zeit immer noch recht kühl.«

Der Junge zieht den Pullover über, ohne sich zu bedanken. Das hat er schon gemerkt, daß der Mann viele

Worte um Kleinigkeiten nicht mag. Das ist ihm sympathisch, das macht es einfach.

»Machen Sie Ferien?«

Es ist das erste Mal, daß der Junge eine Frage stellt, die über die gemeinsame Angelei und die notwendigen Fragen während der Zubereitung der Mahlzeit hinausgeht. Der Mann antwortet nicht gleich. »Nein, ich mache keine Ferien«, sagt er schließlich. »Ich bin arbeitslos, habe nichts zu tun, fahre einfach nur so rum. Was soll ich sonst tun?« Und nach einer Pause: »Ich bin Stahlkocher.«

»Am Hochofen?«

Der Mann nickt ohne aufzuschauen.

Der Junge schürt das Feuer. Damit hatte er nicht gerechnet, er dachte, dieser Werner sei Urlauber, einer, der nicht gerne lange an einem See bleibt, der lieber herumreist.

»Wie ist das, wenn man auf einmal keine Arbeit mehr hat? Ich meine nicht das Geld, sondern . . .« Der Junge findet nicht die richtigen Worte, er will den Mann nicht verletzen.

»Wenn du zwanzig Jahre lang gearbeitet hast und auf einmal nur noch herumhockst, glaubst du, du verfaulst vor Langeweile. Das sagen auch die anderen, das sagen alle, die auf der Straße liegen.«

Auf der anderen Seite des Sees wird gelacht. Der Mann schaut in die Richtung, aus der die Stimmen kommen.

»Siehst du, so ist das: Die einen lachen, die anderen haben nichts zu lachen. Nur gut, daß ab und zu die Rollen getauscht werden.«

Es ist finster in dem Zelt. An dem Jungen ziehen Bilder vorüber: Das aufgeregte Gesicht des Vaters, als er ihn anschrie, er hätte keine andere Wahl, er wolle nicht in einem Land bleiben, in dem er als Störenfried betrachtet werde; Mutters sorgenvolle Miene, ihre Unfähigkeit, dem Vater zu widersprechen; die Tür, die hinter ihm zufliegt; die Treppe, die er hinunterhastet; die Straße; der Bus . . .

Es hat keinen Zweck, er kann so nicht einschlafen. Der Junge legt seine Decke zusammen, öffnet das Zelt, kriecht, die Decke unter dem Arm, ins Freie und richtet sich auf.

Es ist eine kalte, mondhelle Nacht, die Bäume und Sträucher sind deutlich zu erkennen. Kleine schwarze Schatten gleiten durch die Luft: Fledermäuse auf der Jagd nach Insekten. Langsam steigt der Junge durch das naßkalte Gras die Uferböschung hinab. Er betritt den Steg, der leise knarrt, und geht ganz nach vorn, an die äußerste Spitze, wo das Wasser an die Balken schlägt und gluckst. Dort setzt er sich, zieht die Decke um sich und schaut auf den im Mondlicht glitzernden See hinaus.

Der Lichtschein auf der gegenüberliegenden Seeseite ist

erloschen, das Restaurant hat geschlossen. Es ist still am See, kein Froschgequake, kein Grillengezirpe ist zu hören. Es ist, als wäre er allein auf der Welt, sogar der Mann im Zelt ist weit von ihm fort.

Der Morgen graut herauf, das Gequake der Frösche setzt wieder ein. Der Mann verläßt das Zelt, um irgendwo an einem Baum sein Wasser abzuschlagen. Danach kommt er die Uferböschung hinunter.
»Hast du die ganze Nacht nicht geschlafen?«
»Ich konnte nicht schlafen.«
Der Mann nickt ihm zu. »Komm mit. Ich bin sicher, jetzt kannst du schlafen.«
Als hätte er nur auf diese Aufforderung gewartet, folgt der Junge dem Mann. Und als er dann in dem ihm nun sehr warm erscheinenden Zelt liegt, schläft er tatsächlich bald ein.

# 3

Die Fahrt führt durch eine flache Wiesenlandschaft, ein hügeliges Waldgebiet und an ausgedehnten Feldern vorüber. Die Sonne scheint, und der Mann gibt nur wenig Gas. Er schaut sich um, genießt die Landschaft, wie er sagt, und weist den Jungen auf dieses und jenes hin. Der Junge schaut jedesmal in die Richtung, in die der Mann deutet, nickt auch mal, sagt aber nichts.
Der Wagen des Mannes ist wirklich noch sehr neu. Er muß ihn sich erst vor kurzem gekauft haben.
Vor einem Dorfgasthof nimmt der Mann Gas weg und fährt auf den Parkplatz unter den Bäumen. »Essen wir erstmal was. An den Kiessee kommen wir früh genug.«
»Ich habe kein Geld.«
»Betrachte dich als eingeladen. Überhaupt: Solange du bei mir bist, bist du mein Gast. Du kannst nicht mit mir mitfahren und Hunger leiden, während ich mich satt esse.«
Der Wirt, ein weißhaariger, älterer Mann, grüßt von der Theke her und bringt die Speisekarte. Der Mann bestellt Schnitzel mit Rotkohl, der Junge Bratwurst mit Pommes frites.
»Eine Bouillon zuvor? Wir haben eine herrliche Knochenbrühe. Wenn Sie wollen, können Sie sie auch mit Ei haben.«

Der Mann blickt den Jungen an, der schüttelt den Kopf. Der Mann deutet auf sich: »Mir können Sie eine bringen, ich hab einen Mordshunger.«
»Mit Ei?«
»Ohne.«
Der Wirt geht in die Küche, der Mann grinst. »Wenn wir jetzt keinen Umsatz machen, weiß er nicht, wovon er seine Miete bezahlen soll. Das ist ja 'ne herrlich tote Gegend hier.«
Der Junge lehnt sich in seinen Stuhl zurück. Durch das offene Fenster scheint ihm die Sonne ins Gesicht, im Hof gackern Hühner. Ihm ist warm. Der fehlende Schlaf macht sich bemerkbar. Er muß sich zusammenreißen, um nicht einzuschlafen.

Auf der Weiterfahrt schläft der Junge. Der Mann, nun eine Sonnenbrille gegen das grelle Licht im Gesicht, schaut ab und zu zu ihm hin.
Auf was hat er sich da eingelassen?
Der Junge gefällt ihm. Er hat so ein offenes Gesicht. Bis zur nächsten Rasur dürfe er bei ihm bleiben, hat er ihm aus einer Lagerfeuer Stimmung heraus versprochen, damit meinte er zwei, drei Tage. Und dann? Er kann ihn doch dann nicht einfach irgendwo zurücklassen, nur weil die Zeit um ist?
Der Junge ist wach und sieht ihn an. Hat er seine Gedanken erraten?

»Ich glaube, ich habe einen Fehler gemacht, ich hätte dich nicht mitnehmen dürfen.«
Der Junge überlegt nur kurz. »Und wenn ich meine Eltern anrufe, mich bei ihnen melde, damit sie Bescheid wissen und mich nicht suchen lassen?«
»Meinst du, darauf gehen sie ein?«
»Vielleicht.«
Er will ja, daß der Junge bei ihm bleibt; was soll er ganz allein in dieser Gegend? Und wenn der Junge nicht mit ihm mitfährt, dann vielleicht mit irgendeinem miesen Typ.
»Wenn du zu Hause anrufst, geht die Sache klar.«

Der Kiessee ist ein kleiner, von einem dichten Waldgebiet umgebener See. Weit und breit kein Restaurant, kein öffentlicher Badestrand, nur ein paar Wochenendhäuser mit gepflegten Vorgärten und Booten an den Stegen.
In einem der Gärten jätet eine ältere Frau in einer bunten Kittelschürze Unkraut. »Wollen Sie hier campen?« ruft sie, als der Mann und der Junge auf dem Waldweg neben ihrem Grundstück den Wagen verlassen und sich umblicken.
»Wenn's nicht verboten ist.« Der Mann grüßt freundlich.
»Es ist verboten. Das hier ist Privatgelände.«
»Und was kann man da machen?« Der Mann bleibt freundlich.

»Gar nichts.«
»Das ist ein bißchen wenig.«
»Wir wollen hier unsere Ruhe haben«, sagt die Frau und jätet emsig weiter, um den ungebetenen Besuchern klarzumachen, daß das Gespräch damit beendet ist. Aber sie hat es selbst noch nicht beendet. »Was meinen Sie, was hier los wäre, wenn hier jeder einfach campen dürfte? Dann würden wir hier bald totgetreten werden.«
»Ich kann Sie verstehen.« Der Mann blinzelt dem Jungen zu. »Das würde mir auch keinen Spaß machen.«
»Na sehen Sie!«
»Und wenn wir gut zahlen?«
»Ums Geld geht's nicht.« Die Frau richtet sich auf und stützt die Hand ins Kreuz. Dabei sieht sie den Jungen an. Ihr Blick verrät, daß sie sich fragt, was ihre beiden Besucher miteinander verbindet.
»Fünfzig Mark für drei Tage?«
Die Frau ist noch unschlüssig. »Das geht ja nur, wenn Sie auf meinem Grundstück bleiben. Die Nachbarn, wissen Sie.«
»Und wie weit reicht Ihr Grundstück?«
Die Frau steckt es mit der Hand ab. »Von der Birke bis zum Weidenstrauch und natürlich das ganze Stück bis zum See.«
»Dann schlagen wir unser Zelt neben der Birke auf.« Der Mann zückt seine Brieftasche.
»Wenn Sie das Boot auch benutzen wollen . . .«

»Einverstanden! Sagen wir insgesamt siebzig.«
»Das ist zu viel.« Der Junge sagt das, leise zwar, aber doch so, daß die Frau es hören kann.
»Wenn es Ihnen zu viel ist . . .« Die Frau wendet sich ab, um weiter zu jäten.
»Nein. Wenn wir auch angeln dürfen, ist es nicht zu viel.« Der Mann reicht der Frau das Geld.
Die Frau nimmt das Geld, streicht es glatt und steckt es in die Schürzentasche. »Wenn Sie gefragt werden, sagen Sie einfach, Sie sind meine Gäste.«
Der Mann schaut auf das Schild an der Pforte. »Ida Ratke?«
»Das bin ich.« Die Frau geht in den Garten zurück, dreht sich aber noch einmal um. »Aber Ruhe bitte ich mir aus. Keine laute Musik, bitte!«
»Wir werden Sie nicht stören.«

Die Fensterläden der anderen Wochenendhäuser sind geschlossen, Ida Ratke ist die einzig anwesende Anwohnerin des Kiessees. Der Mann und der Junge sitzen vor dem Zelt in der Sonne und schauen sich um.
»So abgeschieden von allem anderen findet man es nur an einem Privatsee.« Der Mann kämmt sich zufrieden. »Dafür lohnt es sich schon, mal ein bißchen tiefer in die Tasche zu langen.«
Der Junge geht zum Steg, legt sich der Länge nach auf die alten, morschen Planken und späht ins Wasser.

»Gibt's heut Fisch?«
»Plötzen«, antwortet der Junge. »Plötzen und Rotfedern gibt's hier.«
»Wie fängt man Plötzen?«
»Mit Teig.« Der Junge kommt zurück und nimmt ein Brötchen aus der Tüte. Er bohrt mit dem Finger ein Loch in die Kruste, puhlt etwas von dem weichen Inneren heraus, feuchtet es im Mund an und formt ein Kügelchen daraus. »Das kommt auf den Haken. Auf Teig mit Spucke gehen die Plötzen wie wild.«
»Gibt's in der Türkei auch Plötzen?«
»Vielleicht. In den Seen?« Der Junge schaut weg. »Wir haben auch in Deutschland viel geangelt.«
»Dein Vater und du?«
»Ja.«
»Wollen wir jetzt anrufen?«
»Nein, heute abend.« Der Junge betrachtet Ida Ratkes wannenförmiges Ruderboot, das kieloben auf dem Trockenen liegt. Es ist lange nicht mehr benutzt worden, die Fugen sind voller Sand und Laubreste, von der nahen Birke bis zum Boot zieht sich ein Spinnennetz hin. Vorsichtig dreht er das Boot um, Schmutz und Sand rieselt herunter. Unter dem Boot liegen die Ruder. Der Mann blinzelt in die Sonne. »Paß nur auf, daß du mit dem Kahn nicht untergehst.«
»Ich kann schwimmen.« Der Junge zieht Schuhe und Strümpfe aus, steckt das Brötchen ins Hemd, nimmt das

Angelzeug und die Ruder, legt alles ins Boot und schiebt es, rechtzeitig ins Heck springend, ein Stück auf den See hinaus. Er rudert vom Ufer fort, bis er vor einer schilfbewachsenen Halbinsel auf der gegenüberliegenden Seite des Sees beide Ruder so in den Grund sticht, daß das Boot nicht abtreiben kann. Dann lotet er mit dem Senkblei den Grund aus, formt ein Teigkügelchen, spießt es auf den Haken und wirft die Angel aus. Das Wasser ist so klar, er kann das helle Kügelchen deutlich erkennen.

Die Sonne ist heiß, kein Lüftchen weht. Der Junge schiebt sich die Angelrute unter den Hintern und zieht sein Hemd aus. Er kann jetzt nichts tun, als warten; blinkern ist abwechslungsreicher.

Der Schwimmer zuckt. Der Junge späht ins Wasser hinab. Er muß aufpassen, daß er keinen Schatten wirft; der Fisch im Wasser merkt das sofort, Lichtveränderungen erschrecken ihn.

Da ist sie, die erste Plötze! Sie nippt an dem Kügelchen, umkreist es, nippt wieder. Der Junge bewegt die Angel ein bißchen, die Plötze fürchtet um die Beute, schnappt zu – und hängt am Haken. Sie will wegtauchen, aber eine Plötze ist kein Hecht: Der Junge ruckt kurz an der Angel, damit der Haken auch festsitzt, und kurbelt die Sehne auf. Silbernglänzend zappelt der Fisch in der Luft.

»Beißen sie?«

Der Mann steht auf dem Steg. Die Arme in die Seite gestützt, schaut er zu ihm hinüber. Der Junge hält als Antwort nur die Plötze hoch. Der Mann macht mit zwei Fingern das Victory-Zeichen. »Du bist 'ne Wucht!« ruft er.

Es gibt nur eine Telefonzelle im Dorf. Der Mann bleibt im Wagen und läßt den Jungen aussteigen. »Brauchst du Geld?«
»Soviel hab ich noch.« Der Junge schließt die Tür der Telefonzelle hinter sich. Der Mann sieht, wie er den Hörer abnimmt, Geld in den Automaten steckt und eine Nummer wählt. Einen Augenblick lang zögert er: Soll er nachgehen?
Der Junge hängt den Hörer ein und kommt zurück.
»Alles klar?«
»Ja.«
Der Junge hat feuchte Augen, der Mann fragt nicht weiter. »Ich freue mich schon auf die Plötzen«, sagt er.

Gegen das Lagerfeuer hatte Ida Ratke nichts einzuwenden, aber Plötzen wollte sie keine. »Mein Mann hat früher auch geangelt«, sagte sie. »Aber er hat die Fische immer allein essen müssen. Ich bin mehr für Fleisch.«
»An einem See wohnen und keine Fische essen!« Der Mann spuckt eine Gräte aus. »Naja. Vielleicht war ihr Mann kein so guter Koch wie du.«

Der Junge hat die Plötzen gegrillt, sieben Stück auf einen Ast über die Glut gehangen. Die Plötzen schmekken köstlich, trotz der vielen Gräten, aber nun sind sie beide satt, sie essen nur noch die besten Stücke von dem Fischfleisch.
Der Mann entkorkt eine Flasche Rotwein und gießt zwei Pappbecher halbvoll. »Oder bist du ein Strenggläubiger, trinkst du keinen Alkohol?«
Der Junge trinkt von dem Wein. »Wir sind keine Strenggläubigen. Ein Onkel von mir baut sogar selber Wein an.«
»Wo? In der Türkei?«
»In der Türkei gibt es gute Weine.«
»Das hätte ich nicht gedacht.« Der Mann legt sich auf den Rücken und dreht sich auf seinem Bauch eine Zigarette. Weiße Schafwölkchen treiben über den Himmel.
»Morgen wird es wieder schön«, sagt der Mann, und dann: »Wenn das Wetter so bleibt, halte ich es hier auch länger als drei Tage aus.«
»Ich auch.« Der Junge nimmt den Tabak, das Zigarettenpapier und den Drehapparat und dreht sich ebenfalls eine Zigarette. Der Mann hat es ihm erlaubt, nachdem er gesagt hat, daß er auch ab und zu eine raucht.
»Willst du mir nicht verraten, was deine Eltern am Telefon gesagt haben?« Der Mann zaubert Rauchkringel in die Luft.

»Was sollen sie gesagt haben? Vater war dran, erst hat er geschimpft, dann hat er gedroht, daß ich nicht mehr sein Sohn bin, wenn ich nicht sofort heimkehre. Er hat seine Meinung nicht geändert.«

»Das wird er auch nicht; das kann er nicht. Wenn deine Eltern der Meinung sind, daß es für sie das Beste ist, in die Heimat zurückzukehren, müssen sie es tun.«

»Ich weiß. Aber ich gehe nicht mit.« Der Junge sagt das ohne trotzigen Unterton. »Ich lasse mich nicht hin und her verfrachten, ich gehöre jetzt hierhin, und deshalb bleibe ich hier.«

Der Mann seufzt. »Du machst es dir nicht gerade einfach.« Dann drückt er seine Zigarette aus und steht auf. »Weißt du was: Ich gehe jetzt schwimmen.«

»Ich habe keine Badehose dabei.«

»Denkst du ich? Wir schwimmen wie Gott und Allah uns schufen, Ida Ratke wird schon nicht in Ohnmacht fallen.« Der Mann zieht sich nackt aus, geht auf den Steg, steckt prüfend eine Hand ins Wasser und springt kopfüber ins Wasser.

Der Junge vergewissert sich, daß Ida Ratke nicht in ihrem Garten ist, dann zieht er sich aus und springt ebenfalls mit dem Kopf voran ins Wasser.

»Kalt was?« Der Mann prustet und schwimmt schnell, um seinen Kreislauf in Bewegung zu bringen. Der Junge schwimmt neben ihm her und lacht. »Sie hat uns gesehen, sie steht auf der Veranda.«

»Dann lassen wir sie auf unseren zweiten Auftritt noch ein bißchen warten, schwimmen wir eine Runde um den See.« Der Mann legt sich auf den Rücken, verschränkt die Arme unter dem Kopf, paddelt nur noch mit den Beinen und schließt zufrieden die Augen.

## 4

Der große graue Bursche zwischen den Steinen rührt sich nicht, nur die Antennen zu beiden Seiten des Kopfes bewegen sich, als witterten sie eine Gefahr. Kescher und Rute in den Händen beugt sich der Junge auf dem Bootssteg so weit vor, daß er achtgeben muß, nicht das Gleichgewicht zu verlieren. Der Krebs krabbelt in dem flachen, klaren Wasser ein Stück vorwärts und verharrt, um erneut seine Antennen hin und her zu schwenken. Mit der linken Hand läßt der Junge den Kescher hinter dem Schwanz des Krebses niedersinken, bis er auf dem Grund aufliegt, mit der rechten bewegt er die Angelrute von vorn auf den Krebs zu. Er schwitzt vor Anspannung, der Bootssteg liegt in der prallen Sonne. Der Krebs hat die Rute wahrgenommen, sandaufwirbelnd schießt er rückwärts in den bereitgehaltenen Kescher. Der Junge zieht den Kescher aus dem Wasser, schüttelt den Krebs auf die Holzplanken, packt ihn dicht hinter den Scheren und betrachtet seinen Fang. Die Scheren des Krebses öffnen und schließen sich, der Schwanz zuckt und krümmt sich. Der Junge läßt den Krebs in den Eimer mit Wasser fallen, in dem schon drei Krebse liegen, und schaut einen Augenblick lang zu, wie das Schalentier zwischen seinen Artgenossen im Kreis herumschießt, als gäbe es noch ein Entkommen. Die anderen drei hatten den Kampf längst aufgegeben, nun werden sie wieder lebendig.

Der Junge kniet sich ein weiteres Mal hin und späht in das klare Wasser des Kiessees hinab. Steine und Pflanzen erkennt er und einen Schwarm kleiner Fische, der sich dem Ufer nähert; einen Krebs sieht er nirgends. Er muß Geduld haben, muß warten, bis irgendwo Sand aufwirbelt. Wenn der Sand sich legt, liegt ein Krebs zwischen den Steinen.

Er ist allein am See, der Mann ist in den Ort gefahren, telefonieren. Er wollte nicht mit. Es ist schön, so ganz allein am See. Ida Ratke läßt sich kaum einmal blicken, sie hantiert in ihrem Häuschen herum, hört irgendein Radio-Wunschkonzert.

Den ganzen Vormittag über liegt der Junge auf dem Steg und fängt Krebse. Sein Kopf ist heiß vom Jagdfieber und von der Sonne. Als er sich zum letzten Mal aufrichtet, um einen Krebs aus dem Kescher zu schütteln, fällt der Schatten des Weidenstrauchs auf seine Jagdgründe. Er lehnt Rute und Kescher in den Strauch, nimmt den Eimer mit den Krebsen und setzt einen nach dem anderen ins Gras. Zwölf Stück hat er gefangen, ein ganzes Dutzend. Er schlingt die Arme um die Knie und sieht den im Gras herumtaumelnden Wassertieren zu, bis er sich ihrer erbarmt und sie in den Eimer zurücklegt. Dann stellt er den Eimer in den Schatten und legt sich ins Zelt. Müde schließt er die Augen.

Istanbul! Grand Basar! Wie er durch die Hallen streifte, mit den Händlern sprach. Die Händler sprachen größtenteils deutsch, sie arbeiteten fast alle mal in Deutschland, in Stuttgart, München, Berlin. Die sagten nicht Aleman zu ihm. Sie fragten ihn, wo er herkäme. Wenn er es ihnen sagte, nickten sie. Ja, da sind sie mal vorbeigefahren, auf der Autobahn oder im Zug. Und einer kannte die Stadt sogar, lebte dort einige Zeit. Er trug ihm Grüße auf, nannte Namen von Freunden.

Die Händler boten ihm Tee an und eine Zigarette. Sie ließen ihn an den Ständen hocken, so lange er wollte. Sie sprachen nie türkisch mit ihm, sondern nur deutsch. Sie waren stolz auf ihr Deutsch.

Am Tag vor der Abreise besuchte er sie nochmal. Er versuchte, sich einzureden, daß die Händler gerne mit ihm nach Hause zurückgekehrt wären. Aber das stimmte nicht. Es gab Dinge in Deutschland, an die sie sich gern erinnerten, an das Bier zum Beispiel, die Autos,

Sommerschlußverkauf und Winterschlußverkauf, aber im Grunde genommen waren sie froh, daß sie in der Heimat ihr Auskommen hatten. Sie waren ja nicht in Deutschland aufgewachsen wie er, sie hatten dort nur mal ein paar Jahre gelebt – und in diesen Jahren ständig von der Heimat geträumt. Je schlechter die wirtschaftliche Situation in Deutschland wurde und je heftiger sie von den Deutschen angefeindet wurden, desto sehnlicher hatten sie sich weggewünscht. Sie wollen nicht mehr zurück, höchstens mal auf Besuch.
Schritte im Gras. Es ist der Mann. Er bleibt vor dem Zelteingang stehen und schaut in den Eimer. »Schläfst du?«
»Nein.«
»Du warst ja wieder mal sehr erfolgreich. Ich glaub, mit dir kann man gar nicht verhungern.«
Der Mann wirft etwas ins Zelt. »Hier! Hab ich dir mitgebracht.«
Eine Luftmatratze und ein Schlafsack. Bisher hatte der Junge sich in Decken wickeln müssen. Es hatte ihm nicht viel ausgemacht, aber auf die Dauer war es hart gewesen.
»Danke.«
»Nichts zu danken.«
Der Mann legt sich vor dem Zelt in die Sonne. Er ist nicht wirklich gut gelaunt, er tut nur so.
»Keine Arbeit?«

»Keine Arbeit!« Der Mann schließt die Augen, sagt lange nichts, dämmert vor sich hin, bis er den Jungen wieder ansieht. »Willst du Autofahren lernen?«
»Ja . . . Natürlich!«
»Ich bring dir's bei. Dann war das alles wenigstens nicht völlig umsonst.«

Ein festes, aber unbebautes Gelände hinter einer Fabrik in der Nähe des Ortes. Der Junge sitzt hinter dem Lenkrad, der Mann auf dem Beifahrersitz. Der Mann reicht dem Jungen sein Schlüsselbund. Der Junge steckt den Schlüssel ins Schloß, dreht ihn herum, der Motor springt an.
»Kuppeln und den 1. Gang rein.«
Der Junge sucht mit dem linken Fuß nach der Kupplung, findet sie, schaltet den 1. Gang ein.
»Handbremse lösen, Kupplung langsam loslassen, vorsichtig Gas geben.«
Der Junge befolgt auch diese Anweisung in der richtigen Reihenfolge, der Wagen setzt sich in Bewegung.
»Lenkrad loslassen.«
»Waas?« Der Junge glaubt, sich verhört zu haben.
»Du sollst das Lenkrad loslassen. Du umklammerst es ja, als wolltest du dich daran festhalten. Laß es los, der Wagen fährt auch ohne deine Lenkkünste nicht in den Wald.«
Der Junge gehorcht. Er läßt das Lenkrad los, gibt dabei

aber aus Versehen Gas. Der Wagen springt vorwärts, rumpelt – und steht still.

»Jetzt ist dir der Motor abgesoffen. Alles nochmal von vorn.«

Wieder startet der Junge, wieder fährt der Wagen langsam an, wieder befiehlt ihm der Mann, das Lenkrad loszulassen. »Du mußt ein Gefühl für den Wagen bekommen, und das bekommst du am besten, wenn du ganz locker bleibst. Du mußt den Wagen auch mit dem Hintern fahren, nicht nur mit den Armen.«

Der Junge glüht vor Anspannung, all seine Sinne sind auf den Wagen gerichtet. Ganz vorsichtig läßt er das Lenkrad los. Der Mann hat recht, der Wagen fährt geradeaus, hat nur einen ganz leichten Rechtsdrall.

»Gas geben nicht vergessen! Du brauchst keine Angst haben, der haut uns nicht ab.«

Der Junge gibt mehr Gas, der Wagen kommt in Fahrt.

»So! Nimm das Lenkrad, kuppel und geh in den 2. Gang.«

Der Wagen fährt noch schneller. »Links«, sagt der Mann. Der Junge dreht am Lenkrad, der Wagen fährt nach links.

»Bremsen.«

Der Junge bremst, der Motor stottert und säuft ab.

»Wenn du bremst, mußt du die Kupplung treten und den Gang rausnehmen«, erklärt der Mann. »Also los: Alles nochmal von vorn!«

Sie fahren im Kreis, mal links herum, mal rechts herum. Der Mann läßt den Jungen bremsen, schalten, langsamer fahren, schneller fahren. Der Motor säuft noch oft ab, doch der Mann bleibt ruhig, erklärt immer wieder, was der Junge falsch macht. Er hat das Fenster heruntergekurbelt, raucht ab und zu eine Zigarette, hält den Kopf in die Sonne.
Der Junge schwitzt, aber er kommt voran, immer seltener macht er Fehler. Schließlich sagt der Mann: »Für heute reicht's dir, oder?«
Der Junge nickt erlöst. Aber er ist froh: Er hat eine Menge gelernt in dieser knappen Stunde.
Die beiden wechseln die Plätze, der Mann fährt den Wagen vom Gelände. »Weißt du, warum ich dir das beibringe?« fragt er den Jungen, der wie ausgepumpt im Beifahrersitz liegt. »Damit du mich nicht vergißt. Mit den ersten Fahrstunden ist es wie mit der ersten Freundin: Man kann sie einfach nicht vergessen, ob es einem gefällt oder nicht.«
»Und warum soll ich dich nicht vergessen? Überhaupt, warum tust du alles für mich? Ich meine, du könntest doch auch ohne mich hier Ferien machen.«
»Na klar könnte ich das.« Der Mann grinst vergnügt. »Weißt du, daß du mich eben zum ersten Mal geduzt hast?«
»Ist mir so rausgerutscht.«
»Ich hab's dir ja angeboten.« Der Mann fährt durch die

Ortschaft mit ihren Läden und Restaurants, kommt dann auf die Frage des Jungen zurück: »Warum ich mich mit dir abgebe? Ganz einfach, ich bin nicht gern allein.«
Der Junge wartet einen Moment, ob noch etwas kommt, als nichts mehr kommt, blickt er enttäuscht zum Fenster hinaus.
Der Mann kann sich ein spöttisches Lächeln nicht verkneifen. »Das soll nicht heißen, daß ich jeden mitgenommen hätte. So blöd bin ich nun auch wieder nicht.«

## 5

Es ist später Nachmittag, der Himmel hat sich bezogen. Der Junge legt drei gleichgroße Steine so um die Glut des Lagerfeuers, daß er einen Topf draufstellen kann, schöpft Wasser aus dem See und stellt den Topf mit dem Wasser auf die Steine.
»Wie kocht man Krebse?« fragt der Mann, der dem Jungen nun schon wie selbstverständlich das Kochen überläßt.
»Man wirft sie in kochendes Wasser.«
»Lebendig?«

»Wie soll man sie vorher töten? Man würde sie zertrümmern müssen.«
Der Mann breitet seine Zigarettenfabrik vor sich aus.
»Ganz schön grausam so ein Tod im kochenden Wasser.«
»Das ist nicht grausam. Es geht so schnell, sie merken weniger als ein Fisch, wenn er betäubt wird.« Der Junge führt der Glut zwischen den Steinen neue Nahrung zu. Der Mann dreht zwei Zigaretten, eine für sich, eine für den Jungen. »Hat dir das auch dein Vater beigebracht?«
»Er kommt ja aus einem Fischerdorf«, erzählt der Junge. »Alle seine Vorfahren waren Fischer. Er ist schon als Kind mit aufs Meer hinausgefahren. Deshalb versteht er so viel von Fischen.«
»Und vom Kochen.«
»Vom Kochen auch. In den Ferien hat er jeden Tag gekocht. Aber er kocht nur Fische oder Langusten, alles andere ist unter seiner Würde.«
Das Wasser kocht. Der Junge schüttet eine Menge Salz und etwas Kümmel in den Topf, holt den Eimer mit den Krebsen und wirft einen Krebs nach dem anderen mit dem Kopf voran in das kochende Wasser. Als nach sechs Krebsen das Wasser nicht mehr so heftig kocht, legt er den Deckel auf den Topf und wartet, bis das Wasser wieder stärker brodelt, dann wirft er auch die übrigen Krebse in den Topf. »Sie merken wirklich kaum was«, tröstet er den Mann, der ihm dabei aufmerksam

zuschaut. »Es geht so schnell, viel schneller als ein Schlag auf den Kopf.«
»Ich glaub dir ja.«
Der Junge nimmt die Zigarette, die der Mann ihm gedreht hat, und setzt sich neben das Lagerfeuer.
»Und nun?« fragt der Mann.
»Jetzt müssen wir warten, bis sie rot werden.«
»Und wie kommt das?«
Der Junge grinst. Jetzt ist er der Lehrer und der Mann der Schüler. »Sie haben zwei Farbschichten. Oben sind sie graublau oder graubraun, darunter sind sie rot. Durch das Kochen verschwindet die obere Farbschicht.«
»Davon habe ich bisher keine Ahnung gehabt«, gibt der Mann zu.
»Ich weiß es von meinem Vater.«
»Warum ist dein Vater nicht auch Fischer geworden?«
»Es gibt nicht mehr genug Fische. Mein Vater hat noch drei Brüder, nur ein einziger ist Fischer geworden. Er verdient kaum etwas.«
»Warum ist dein Vater eigentlich so deutschfeindlich? Gab's da, abgesehen von der jetzigen Situation, irgendwas, was ihn dermaßen aufgebracht hat, daß er eine so schlechte Meinung von uns hat?«
Der Junge antwortet nicht gleich, er zieht mehrmals kurz hintereinander an seiner Zigarette, als könnte sie jeden Augenblick ausgehen. »Als er herkam, ganz am Anfang, da arbeitete er in einer Firma, die Malerarbeiten durch-

führte. Der Inhaber dieser Firma, ein Herr Meier, beschäftigte nur Ausländer, aber er ließ sie nicht nur für sich arbeiten, er hatte auch ein Haus gemietet, in dem er sie unterbrachte. Es war ein altes, baufälliges Haus, kein Deutscher wäre da eingezogen, der Meier aber hatte dort immer so zwischen zwölf und vierzehn Ausländer wohnen, meistens Marokkaner, aber auch Türken. Sie schliefen in Doppelstockbetten, zu viert in einem Raum, in den auch nicht viel mehr als diese vier Betten hineinpaßte. Jeder mußte für sein Bett zweihundert Mark zahlen. Meier holte sich auf diese Weise einen Teil des Lohnes, den er seinen Leuten zahlte, wieder zurück; er nahm so ja jeden Monat zweieinhalbtausend Mark ein, zahlte selber aber nur ein paar Hunderter Miete für die Bruchbude.«

»Sie hätten sich das nicht gefallen lassen dürfen, sie hätten weggehen sollen. Damals gab's ja noch Arbeit.«

»Viele von ihnen sprachen kaum deutsch, sie wagten einfach nicht wegzugehen. Manche waren auch gar nicht angemeldet, hatten keine Arbeitserlaubnis, waren Schwarzarbeiter. Meier gefiel das, so brauchte er für sie keine Steuern und keine Krankenversicherung zu bezahlen. Als mein Vater einmal mit ihm darüber sprechen wollte, was passiert, wenn einer der Schwarzarbeiter krank wird, schrie er ihn an, wenn er sich nochmal um Sachen kümmere, die ihn nichts angingen, könne er schon übermorgen wieder Kamele durch die Wüste treiben. Mein Vater hatte ja keinen Beruf erlernt, was sollte er tun? Er mußte froh sein, überhaupt eine Arbeit zu haben.«

»Aber er ist ja dann fortgegangen?«

»Ja, später, als er etwas anderes gefunden hatte. Solange aber hatte der Meier doppelt und dreifach an ihm verdient. – Mit Deutschen hätte er das nicht machen können.«

Der Mann schweigt betroffen, dann sagt er: »So sind doch aber nicht alle Deutschen.«

»Vater kennt eine Menge solcher Fälle.« Der Junge nimmt den Topf von der Glut und stellt ihn ins Gras. Die Krebse haben tatsächlich eine rote Färbung angenommen. »Am Anfang war er auch gar nicht so deutschfeindlich. Er hat mich ja nicht einmal zur Koranschule geschickt; er war der Meinung, wir dürfen nicht zu sehr an unseren Traditionen kleben. Später aber wurde es immer schlimmer.«

Der Mann schweigt. Dann rührt er mit einem Löffel in dem Topf mit den Krebsen herum. »Die sehen ja lecker aus.«

»Sie müssen noch ziehen, mindestens zehn Minuten.« Der Junge schneidet Weißbrot auf und teilt zwei Zitronen in je zwei Hälften. »Vater sagt, der Meier wäre ein typischer Deutscher. Manchmal, wenn er Lust hatte, packte er mit an und schaffte mehr als alle anderen, meistens aber fuhr er nur von Einsatzort zu Einsatzort

und trieb seine Leute an. Vater hat sich einmal so über ihn aufgeregt, daß ihm ganz schlecht wurde. Es war während des Ramadan, des Fastenmonats. Die Marokkaner durften aus religiösen Gründen nichts essen, waren deshalb bald schwach, schafften nicht mehr so viel. Da beschimpfte Meier sie. Kanaken nannte er sie, und er sagte, ihre Religion sei ihm scheißegal, er bezahle sie nicht umsonst. Einige wollten Urlaub nehmen, um weiter fasten zu können. Meier verweigerte ihnen den Urlaub. Die Marokkaner arbeiteten weiter, Meier aber kürzte ihnen den Lohn, weil sie nicht genug schafften.«
»Die Meiers gibt es überall.« Der Mann macht eine wegwerfende Handbewegung. »Ich weiß nicht, ob dein Vater sich da nicht täuscht. In anderen Ländern sind die Leute auch nicht besser.«
»Und die Juden?« fragt der Junge. »Was mit den Juden passiert ist, das gab's nur in Deutschland.«
»Die Juden! Das ist doch ganz was anderes, das waren doch ganz andere Zeiten.« Dem Mann wird's ungemütlich. Was der Junge da sagt, das hat er doch selbst schon oft gedacht, wieso redet er dagegen an? Weil er nicht zugeben will, daß der Junge recht hat? Aber hat der Junge denn recht? Kann man die Judenmorde der Hitlerzeit so einfach mit dem Ausländerproblem von heute vergleichen?
Die zehn Minuten sind um. Der Junge fischt mit zwei Gabeln die Krebse aus dem heißen Wasser und legt sie

auf eine saubere Plastiktüte. Der Mann rückt näher an die Tafel im Gras heran und schaut zu, wie der Junge die Krebse auseinanderbricht, die Schale vom Schwanz puhlt und etwas Zitrone auf das Krebsfleisch träufelt. Dann tut er es dem Jungen nach und schiebt sich ebenfalls einen Krebsschwanz in den Mund.

»Alle Achtung! Schmeckt wirklich phantastisch.«

Der Junge zeigt dem Mann, wie er die Scheren der Krebse mit den Zähnen knacken kann. »Auch in den Scheren ist Fleisch.«

Der Mann probiert es, läßt es aber dann lieber sein. »So kräftig ist mein Gebiß nicht mehr.«

»Dann ißt du die Schwänze und ich die Scheren«, entscheidet der Junge.

Der Mann lehnt dieses Angebot ab. »Das wäre ungerecht. Das mit den Scheren ist eine mühselige Sache. Außerdem ist da längst nicht so viel Fleisch drin wie in den Schwänzen.«

»Aber es sind doppelt soviele. Und einen Schwanz hab ich ja schon gegessen.« Der Junge bleibt hartnäckig, er läßt die Krebsschwänze unberührt, ißt nur die Scheren. Der Mann widerspricht nicht mehr.

»Eigentlich bist du kein richtiger Deutscher«, stellt da der Junge plötzlich fest.

»Wieso nicht?« Der Mann ist verblüfft.

»Du denkst nicht an deinen Vorteil.«

»Junge!« Der Mann blickt ernst. »Es gibt immer sone und

solche, unter den Deutschen wie unter den Türken.«
»Ich habe früher Angst vor euch gehabt«, sagt der Junge. »Ich hab wirklich geglaubt, ihr seid was Besseres und deshalb besonders streng zu allen anderen.«
»Blödsinn!« knurrt der Mann. »Kein Deutscher, Russe, Franzose, Engländer ist besser als ein Türke, Araber, Inder, Chinese, jede Kacke stinkt nach Scheiße, deine genauso wie meine.« Er spuckt ein Stückchen Krebsschale in das Feuer. »Und das, was du vorhin gesagt hast, ich meine das mit den Juden, das wiederholt sich nicht. Da kannst du sicher sein. Auf so was fällt ein Volk nur einmal rein.«
»Ich weiß nicht.« Der Junge bereut, mit den Juden angefangen zu haben; er hat nur gesagt, was der Vater immer sagt. Das ist ja auch einer der Gründe, die den Vater zur Heimkehr bewegen. Die Juden hätten sich damals nicht vorstellen können, daß die Deutschen ihnen so übel mitspielen würden, sagte er, sollen wir etwa auch warten, bis es zu spät ist?
»Wieso willst du eigentlich hierbleiben, wenn du keine so besonders gute Meinung von uns hast?« fragt der Mann. »Ich würde weggehen, wo es mir nicht gefällt.« Er ist nun doch ärgerlich, hat keine Lust mehr auf das Gespräch, bricht es ab.

Eine frische Brise kommt über den See. Das Ruderboot, das der Junge nicht an Land gezogen, sondern nur am

Steg befestigt hat, reibt sich schaukelnd an den tangbewachsenen Pfählen.
»Hoffentlich regnet es morgen nicht.« Der Mann blickt besorgt zum Himmel.
»Ein bißchen Regen macht doch nichts aus.«
»Ich weiß nicht, ob mein Zelt noch dicht ist. Ich habe keine Lust, die Nacht im Wagen zu verbringen.« Der Mann vertieft mit seinem Klappspaten den Graben rings um das Zelt, der das Regenwasser aufnehmen soll. Er tut das nur unlustig, er weiß ja, daß der Graben nicht viel Sinn hat, falls das Zelt tatsächlich undichte Stellen haben sollte. Als er fertig ist, schaut er wieder zum Himmel empor. Die dunklen Wolken auf der anderen Seite des Sees rücken nur langsam näher, aber sie sind wie eine Wand, kein heller Fleck ist zu entdecken.

Der Regen hat eingesetzt, gleichmäßig und dicht fallen die Tropfen, schon nach kurzer Zeit triefen die Bäume und Sträucher vor Nässe. Der Mann und der Junge schwimmen trotzdem ihre abendliche Runde um den See. Aber nun ist es anders, sie fühlen sich wie verloren in dem metallisch grauen See, auf dessen Oberfläche die Regentropfen immer dichter werdende, ineinander übergehende Kreise zeichnen. Wenn sie sich etwas zurufen, schallt es weit. Das macht Spaß, sie nutzen jeden Anlaß, sich etwas zuzurufen, zum Schluß sind es nur noch Albernheiten.

In der Nacht wird der Regen heftiger. Sie liegen im Zelt und leuchten alle Augenblicke die Zeltdecke ab, um undichte Stellen zu entdecken. Sie entdecken auch bald die erste.

»Ist ja klar. Dreißig Jahre sind eine lange Zeit.« Der Mann rückt ein Stück zur Seite, um nicht genau unter der undichten Stelle zu liegen, aber auch dort tropft es. Sie rollen die Schlafsäcke zusammen und legen sie in den Kofferraum des BMW. Das ganze Zelt räumen sie leer, legen alles in den Wagen. Dabei werden sie völlig durchnäßt. Sie trocknen sich im Zelt gegenseitig ab und wechseln, soweit vorhanden, die Kleider. Dann setzen sie sich auf Fahrer- und Beifahrersitz, stellen die Rükkenlehnen zurück und versuchen zu schlafen. Doch sie können nicht schlafen, das Trommeln über ihren Köpfen hält sie wach.

Der Mann raucht. Der Junge sieht die Glut aufglimmen, wenn der Mann die Zigarette zum Mund führt. »Darf ich auch eine . . .?«

»Entschuldige.« Der Mann reicht ihm den Beutel mit dem Tabak.

Schweigend dreht der Junge sich eine Zigarette. Um sie ist finstere Nacht. Nur in Ida Ratkes Häuschen brennt Licht.

Der Mann schaut in dieselbe Richtung. »Warum die nicht schläft?«

»Vielleicht hat sie Angst?«

»Aber es gewittert nicht, es regnet nur.«
Der Junge raucht und erwidert nichts.
»Wenn sie in Ordnung wäre, würde ich klopfen und fragen, ob sie nicht zwei Betten frei hat. Aber die ist nicht in Ordnung, die denkt, wir wollen an ihr Sparbuch.«
Wieder ist einige Zeit lang nichts als das Trommeln zu hören. »Morgen kaufen wir uns ein neues Zelt und Regenjacken«, sagt der Mann. »Wir lassen uns weder von Petrus noch von Mohammed die Stimmung verhageln.«
Der Junge überlegt, dann entgegnet er: »Regenjacken ja, aber kein neues Zelt.«
»Warum nicht?«
»Bringt kein Glück.«
»Bist du abergläubisch?«
»Nein. Aber warum sollen wir das Zelt wechseln, nur weil es mal regnet. Es ist doch sonst in Ordnung.«
»Na gut. Wenn es sonst in Ordnung ist . . .« Der Mann verfällt in ein langanhaltendes Schweigen, dreht dann am Autoradio, bis Musik zu hören ist, richtige Schlummermusik. Doch die Musik verklingt schnell, eine Männerstimme wünscht eine angenehme Nacht.
»Gute Nacht«, sagt der Mann ironisch. »Und morgen früh hoffentlich besseres Wetter.«

# 6

Der Regen hält an. Den ganzen Vormittag über regnet es in Strömen. Das Zelt ist klitschnaß, die beiden im Auto frieren, ein Geruch von nasser Erde umgibt sie.
»Fahren wir irgendwo was essen«, schlägt der Mann vor.
Der Junge erwidert nichts. Wer weiß, wie der Mann ist, wenn das schlechte Wetter anhält, wenn er keine gute Laune mehr hat, wenn er ihm lästig wird.
Der Mann startet und gibt Gas, wirbelt aber nur Schlamm auf. Unter dem Wagen hat sich über Nacht eine riesige Pfütze gebildet, der Wagen rutscht auf dem aufgeweichten Erdboden hin und her, kommt nicht von der Stelle.
Der Junge steigt aus, schiebt.
Der Wagen schlittert nur, die Räder drehen durch. Der Mann steigt aus und flucht. Dann versucht er es noch einmal, rückwärts, mit dem Jungen als zusätzliches Gewicht auf dem Heck. Das Ergebnis ist dasselbe. Schließlich opfert er seine Fußmatten, legt sie unter die Antriebsräder. Der Wagen schlingert, kommt voran, ist raus aus der Pfütze.
Der Junge zieht die beiden Fußmatten aus dem Dreck, taucht sie vom Steg herab in den See, spült sie. Dann hängt er sie in die Äste der Birke.

Vor einem Restaurant hält der Mann. Sie gehen zuerst auf die Toilette und waschen sich. Der Mann kann wieder lachen. »Das war vielleicht 'ne Nacht! So was ist Gift für jemanden in meinem Alter.«
Sie bestellen sich jeder eine heiße Brühe und danach Spaghetti Bolognese. Als sie gegessen haben, fühlen sie sich besser, sind aber todmüde.
Die Serviererin bringt ein Kännchen Kaffee und eine Cola und bleibt am Tisch stehen. Das Wetter werde wohl noch einige Zeit so bleiben, sagt sie, wenn es in dieser Gegend regne, dann ewig und drei Tage.
»Haben Sie Zimmer?« fragt der Mann.
Die Serviererin bedauert: »Wir sind nur eine Gaststätte. Aber drei Querstraßen weiter gibt es den *Goldenen Adler*, da ist man gut untergebracht.«
»Teuer?«
»Mein Gott, was ist heute nicht teuer.« Die Serviererin zuckt die Achseln und geht an die Theke zurück. Der Junge wartet, bis sie außer Hörweite ist, dann sagt er: »Du kannst doch nicht auch noch ein Zimmer für mich bezahlen.«
»Und warum nicht? Wir haben doch gar keine andere Möglichkeit. Selbst wenn wir ein neues Zelt kaufen würden, was du ja nicht willst, wir könnten es doch erst aufbauen, wenn der Regen einigermaßen versickert ist.«
Der Junge trinkt von seiner Cola. Der Mann hat recht, trotzdem, der Gedanke, nun auch noch ein Zimmer von

ihm bezahlt zu bekommen, behagt ihm nicht. »Und was ist, wenn es wirklich ewig und drei Tage regnet?«
»Dann ziehen wir weiter. Hier hält uns doch nichts.« Der Mann legt dem Jungen die Hand auf den Arm. »Mach dir keine Sorgen. Kurz bevor ich pleite bin, sage ich dir Bescheid.«

Der *Goldene Adler* ist schon von weitem zu erkennen, über der Eingangstür zum Restaurant hängt ein riesiger, mit Goldfarbe angestrichener, krummschnabliger Vogel, der angriffslustig seine Flügel ausbreitet.
»Vornehmer Schuppen.« Der Mann geht erst einmal unter dem Adler hindurch und studiert die Preise in dem Kasten neben dem Eingang. »Zimmer mit Frühstück vierzig Mark«, liest er laut. »Doppelzimmer sechzig Mark.«
»Das ist zu teuer.« Der Junge will gleich weitergehen, der Mann hält ihn zurück. »Eine Nacht lang geht das schon. Ich brauch meinen Schlaf, bin fix und alle.«
Der hagere Mann hinter der Rezeption des Gasthofs sieht nicht aus, als fühle er sich besonders wohl in seiner Rolle als G. Seidl – Empfangschef, wie ihn das Schild auf seinem Pult vorstellt. Er mustert die beiden neuen Gäste mehr mißtrauisch als aufmerksam.
»Wir brauchen jeder ein Bett«, sagt der Mann. »Wir haben die ganze Nacht im Wagen zugebracht, wir wollen endlich mal wieder schlafen.«

»Zwei Einzelzimmer?«
»Ein Doppelzimmer. Ist ja günstiger.«
Herr Seidl sieht erst den Jungen und dann den Mann an. »Gehören Sie zusammen?«
»Wir sind Freunde.«
Auf der hohen Stirn des Hageren bildet sich eine steile Falte. »Ein Doppelzimmer? Ja . . . so . . .«
Der Mann wird ärgerlich. »Dürfen zwei Männer nicht zusammen ein Zimmer bewohnen?«
»Zwei Männer?«
»Gut: Ein Mann und ein Junge!«
Herr Seidl zögert. Er dreht den Block mit den Anmeldeformularen in seinen Händen, bis es dem Mann zuviel wird. »Geben Sie her. Nehmen wir eben zwei Einzelzimmer.«
»Sie müssen das verstehen«, entschuldigt sich der Empfangschef. »Ihr Freund ist ja noch nicht volljährig. Und es ist ja auch sehr ungewöhnlich . . .«
Der Mann unterbricht ihn mit einer Handbewegung und schiebt dem Jungen den Block hin. Der Junge studiert das Formular längere Zeit, nimmt dann den Kugelschreiber und trägt unter Name Dusan Cendic ein, unter Nationalität Jugoslawe.
Sie bekommen ihre Schlüssel ausgehändigt, holen aus dem Wagen, was sie für die Nacht benötigen, und steigen die steile Treppe zu den beiden Zimmern im zweiten Stock empor.

Auf der Treppe vergewissert sich der Mann, daß Herr Seidl sie nicht mehr hören kann, dann fragt er: »Dusan Cendic? Wer ist denn das?«
»Einer meiner Freunde. Er lebt inzwischen längst wieder in Belgrad.«
Der Junge wird rot, der Mann aber lacht nur; er scheint es lustig zu finden, daß der Junge sich unter einem falschen Namen in das Anmeldeformular eingetragen hat. Der Junge hatte Vorwürfe erwartet und ist erleichtert.

Der Junge zieht sich aus, verteilt seine feuchtklammen Kleider auf die beiden Stühle links und rechts neben dem Tisch, geht ins Bad und duscht gründlich. Danach legt er sich nackt auf sein Bett, deckt sich nur wenig zu. Draußen regnet es immer noch, die Dächer der gegenüberliegenden Häuser glänzen vor Nässe.
Auf dem Nachttisch steht ein Telefon. Der Junge hebt den Hörer ab, lauscht, wählt eine Null und wartet ab, bis das Amtszeichen ertönt. Dann wählt er die Nummer der Eltern.
»Cuoglu.« Es ist die Mutter. Ihre Stimme klingt bedrückt. »Ist dort wer?« Die Mutter meldet sich am Telefon immer in Deutsch.
»Ich bin's.«
»Yasar? – Yasar! Wo bist du? Was machst du? Was tust du uns an?« Jetzt spricht die Mutter türkisch.

Der Junge antwortet deutsch: »Es geht mir gut. Ich bin in einem Hotel . . .«
»In einem Hotel? Woher hast du das Geld? Hast du . . .«
»Ich habe nicht gestohlen.« Immer diese Angst, er könnte stehlen. »Warum sollte ich stehlen?«
»Aber wie willst du bezahlen?«
»Es bezahlt jemand für mich.«
»Jemand? Wer ist das?«
»Ein Mann.«
»Ein Mann? Yasar! Was für ein Mann?«
Das ist wie der Blick des Hageren in der Hotelhalle.
»Er ist sehr gut, ich mag ihn.«
Die Mutter weint. »Warum tust du uns das nur alles an? Wir lieben dich doch!«
»Ich liebe euch auch, aber ich kehre nicht mit euch in die Türkei zurück. Ich will kein Aleman sein.« Der Junge spricht leise.
»Aber hier bist du ein Türke, ein Ausländer! Als Vater und ich gestern von der Polizei heimkehrten, klebte ein Zettel an unserer Tür; ›Ausländer raus‹ stand drauf.«
»Ihr wart auf der Polizei?«
»Natürlich. Wir wollen dich doch finden.«
»Es nützt euch nichts, wenn ihr mich findet.« Der Junge schreit nun, Tränen laufen ihm übers Gesicht. »Versteht ihr? Es nützt euch nichts. Ich will kein Aleman sein, ich bin ein deutscher Türke, kein türkischer Türke. Ich bleibe in Deutschland, ich gehe nicht mit euch mit.«

Bevor die Mutter noch etwas erwidern kann, legt er den Hörer auf. Eine Zeitlang liegt er regungslos da, dann schlingt er die Bettdecke um sich und stellt sich ans Fenster.
Regenland, so nennt der Vater Deutschland, wenn es regnet. Er schwärmt dann von der Sonne zu Hause. Als ob es in der Türkei nicht auch ab und zu regnen würde . . .

Die gelben Regenjacken reichen ihnen fast bis zu den Knien. Die Kapuzen tief in die Stirn gezogen, spazieren sie durch die einzige Geschäftsstraße des Ortes. Sie bleiben mal hier, mal dort vor einem der nur karg ausgestatteten Schaufenster stehen und unterhalten sich. Der Mann fühlt sich wohler, nachdem er heiß geduscht und anderthalb Stunden geschlafen hat. Er ist ausgesprochen guter Laune und zeigt das auch. Dann betritt er eine Apotheke; er will sich Grippetabletten holen, vorsichtshalber. Als er die Apotheke wieder verläßt, ist der Junge, der draußen gewartet hat, nicht mehr allein, um ihn herum stehen mehrere Jugendliche in einer kriegerisch bunten, mit Eisernen Kreuzen verzierten Lederbekleidung. Sie rücken immer wieder gegen den Jungen vor, bis er an die Schaufensterscheibe gepreßt wird.
»Was soll'n das?« Der Mann schiebt einen der lederbekleideten Jungen beiseite. Der schaut ihn böse an. »Was

das soll? Die Türkensau soll verschwinden. Der hat hier nichts zu suchen, der soll uns nicht die Lehrstellen klauen, der soll zurück in die Wüste.«
Der Junge hält den Kopf gesenkt, sein Gesicht ist blaß, kein Wort kommt über seine Lippen.
»Er hat euch weder die Lehrstelle geklaut, noch sonst irgendwas getan, also laßt ihn in Ruhe.« Der Mann versucht die Jungen zu beschwichtigen, doch die empfinden nun auch ihn als Provokation. Einer von ihnen wickelt sich eine Stahlkette um die Faust und baut sich drohend vor dem Mann auf. »Wohl'n Türkenfreund?«
»Macht keinen Mist«, sagt der Mann. »Das gibt nur Ärger.«
»Den gibt's sowieso.« Der mit der Stahlkette holt aus, der Mann ist schneller, packt den erhobenen Arm und dreht ihn mit einem Ruck herum. Der Lederbekleidete schreit auf, wirft sich aufs Pflaster und hält sich den schmerzenden Arm. Seine Freunde machen einen Schritt zurück.
»Verschwindet«, sagt der Mann. »Und laßt euch, wenn ihr wieder mal Langeweile habt, was Besseres einfallen.« Dann legt er den Arm um den Jungen und zieht ihn mit sich fort.

Sie sitzen in einem Café und schweigen. Sie denken beide an das Gespräch, das sie führten, während der Junge die Krebse kochte; für den Jungen hat sich, was

er sagte, bestätigt, aber er erwähnt das nicht; der Mann ist ihm dankbar dafür.
Es ist der Junge, der, nachdem der Mann seinen Kaffee und er seine Cola vor sich stehen hat, zuerst wieder zu reden beginnt. In Ankara hätte er einmal Ähnliches erlebt, sagt er. Türkische Studenten hätten ihn verprügeln wollen, weil er bei einer Demonstration abseits gestanden und sich nicht in den Zug der Demonstranten hatte hineinziehen lassen wollen. Er wußte gar nicht, wofür oder wogegen da demonstriert wurde, aber um nicht verprügelt zu werden, wäre er schließlich doch mitgegangen, er habe sich lange für seine Feigheit geschämt.
»Das ist keine Feigheit. Wenn die Überzahl so groß ist, ist es Dummheit, sich in eine Prügelei einzulassen.« Der Mann hat verstanden: Der Junge schämt sich für seine Haltung vor der Apotheke. »Mit Fanatikern kann man nicht reden, und mit Dummköpfen, wie diese Spinner von vorhin, auch nicht. Irgendwer hat ihnen eingeredet, daß sie nur deshalb keine Lehrstellen haben, weil es in Deutschland zu viele Türken gibt, die ihnen die Lehrstellen wegnehmen. Dabei weiß doch jeder, daß ihr es am schwersten habt, eine Lehrstelle zu finden. Steht doch in jeder Zeitung.«
»Trotzdem.«
»Was hast du denn in Ankara gemacht?« wechselt der Mann das Thema, um den Jungen auf andere Gedan-

ken zu bringen. »Ich denke, dein Vater kommt aus einem Fischerdorf.«
Der Junge erzählt von seinem Großvater mütterlicherseits, einem Kaufmann in Ankara, der es seiner Tochter noch immer übelnimmt, daß sie nicht einen seiner jüngeren Kollegen, sondern nur einen ehemaligen Fischerjungen aus einem Dorf an der Schwarzmeerküste geheiratet hat, und noch dazu einen, der sich sein Geld als ungelernter Arbeiter in Deutschland verdienen muß.
»Haben deine Eltern sich in Deutschland kennengelernt?«
»Ja. Mutter lebte bei einer Tante. In der Türkei hätte Großvater Mutter den Mann ausgesucht. In der Türkei entscheidet der Vater alles. Und Mädchen haben sowieso nichts zu sagen.«
»Ist das wirklich noch so schlimm?«
»In den meisten Familien ja. Meiner Mutter erging es auch nicht besser. Mit siebzehn schickte Großvater sie nach Deutschland, damit sie seiner Schwester den Haushalt führte; sie sollte es lernen – für ihren späteren Mann. Zwei Jahre arbeitete sie für die Tante, ohne einen Pfennig Lohn und ohne irgend etwas unternehmen zu können. Sie durfte nur mit der Tante gemeinsam auf die Straße. Oft saß sie am Fenster und sah hinaus. Da hat Vater sie dann gesehen. Er sprach mit dem Onkel, der lud ihn zu sich ein. So lernten sie sich kennen. Als Vater Großvater das erste Mal schrieb, antwortete Großvater

ihm nicht, aber er schrieb an Mutter, befahl ihr, sofort nach Hause zu kommen. Vater fuhr mit, sprach so lange auf Großvater ein, bis er die Erlaubnis zur Hochzeit gab. Als ich auf die Welt kam, war Vater bereits wieder in Deutschland. Er holte uns dann nach.«

»Ist ja fast ein Happy-End.« Der Mann lächelt vorsichtig.

»Es ist ein Unrecht«, sagt der Junge bestimmt. »Für die Frauen ist es ein Unrecht. Ich möchte mal keine Frau heiraten, nur weil meine Eltern sie mir ausgesucht haben. Aber es bleibt ja nicht so, die Mädchen, die wie ich in Deutschland aufgewachsen sind, lassen sich das ja auch nicht mehr lange gefallen. Sie sind jetzt schon anders als ihre Mütter, auch wenn sie es noch nicht so zeigen. Es ist schwer, nein zu sagen, wenn man bisher nur immer ja gesagt hat.«

»Du sagst aber nein.«

»Ich bin ja auch ein Junge, ich habe es leichter. Wenn ich ein Mädchen wäre, wäre ich nicht fortgelaufen, dann hätte ich mich dem Willen meines Vaters unterworfen – zumindest jetzt noch.«

Der Kellner kommt, fragt, ob noch etwas gewünscht wird.

Der Junge verneint, der Mann bestellt sich einen Schnaps, einen hochprozentigen.

Der Junge ist in Gedanken noch in der Türkei. »Es gibt dort so viel Unrecht, es ist alles so eng, so bedrückend; es gibt keine richtige Freiheit.«

»Freiheit? Was ist denn das? Darunter versteht doch jeder was anderes«, entgegnet der Mann. »Sind wir beide denn jetzt etwa frei? Wir bilden uns ein, daß wir frei sind, weil wir durch die Gegend kutschieren und eine Zeitlang tun, was uns gefällt, in Wirklichkeit schleppen wir doch jeder unsere Unfreiheit mit uns herum.« Er macht eine Handbewegung und hätte dabei beinahe dem Kellner, der hinter ihm steht und ihm den Schnaps serviert, das Glas aus der Hand geschlagen. Er entschuldigt sich, trinkt den Schnaps aus, gibt dem Kellner das leere Glas gleich wieder mit und bestellt sich einen neuen Schnaps.

»Aber hier ist es freier als in der Türkei«, widerspricht der Junge. »In der Türkei regieren die Generäle, die Türkei ist eine Diktatur, kein freies Land.«

»Ich weiß. So habe ich das auch nicht gemeint.« Der Mann spricht nicht weiter, sagt nicht, was er gemeint hat; er dreht sich eine Zigarette, lehnt sich in seinen Stuhl zurück und raucht, als hätte er den Jungen völlig vergessen, wie abwesend vor sich hin.

»In der Türkei ist man mit sechzehn schon erwachsen, da muß man Geld verdienen, für die Familie aufkommen, da darf einer wie ich nicht weiter zur Schule gehen, etwas lernen«, dringt der Junge weiter in den Mann und erreicht, daß er sich ihm wieder zuwendet. »Nur die Kinder der Reichen dürfen lernen, etwas werden. Ich war immer gut in der Schule, ich könnte das

Abitur machen – in Deutschland. In der Türkei muß ich die Arbeit nehmen, die ich finde, und wenn es Schafe hüten ist. Und dann das Militär, das ist die allergrößte Ungerechtigkeit. Wehrdienst verweigern oder so gibt es dort nicht. Wer nicht Soldat werden will, muß zahlen.«

»Zahlen?«

»Man kann sich vom Militärdienst freikaufen. Wer 22.000 Mark bezahlt, braucht nicht anderthalb Jahre zum Militär, sondern nur zwei Monate.«

»Aber so viel Geld hat doch keiner.«

»Doch, die Reichen. Die anderen nicht. Oder die Eltern müssen jahrelang für ihre Kinder sparen.«

Der Mann bekommt seinen zweiten Schnaps, nimmt das Glas in die Hand, dreht es. »Und wenn ihr in Deutschland lebt?«

»Dann müssen wir trotzdem hin. Und wenn einer nach dem Militärdienst wieder nach Deutschland zurück will, lassen ihn die Deutschen nicht mehr rein, sie sind ja dann Erwachsene, und auch wenn die Eltern noch in Deutschland leben, eine Familienzusammenführung ist dann nicht mehr drin.«

Der Mann kippt seinen Schnaps runter. »Ich verstehe dich immer besser«, sagt er, »aber damit ist dir kaum geholfen.«

Sie gehen durch die dunklen Straßen. In den Schaufenstern brennt Licht, nur wenige Spaziergänger sind zu sehen. Der Mann hat ein bißchen zuviel getrunken, er summt ein Lied vor sich hin, immer dasselbe, eine sehr melancholische Melodie. Vor der Apotheke bleibt der Junge stehen. »Wenn du nicht gekommen wärst . . .«

»Dann wäre ein anderer gekommen. Irgendwer hätte schon eingegriffen.«

Der Junge ist anderer Meinung, und er ist sicher, daß der Mann auch anders denkt, daß er jetzt nur nicht darüber reden will.

»Zeigst du mir den Trick?«

»Welchen Trick?«

»Den von vorhin, den mit dem Arm.«

»Klar«, sagt der Mann. »Aber so toll ist der nicht. Den kenne ich noch von früher. Ich mußte mich auch oft prügeln.«

»Und warum?«

»Ich war irgendwie anders. Die Jungen mochten mich nicht, suchten Anlässe . . . Das hat sich erst später gelegt, als ich schon erwachsen war.«

Der Junge nickt. »Es ist ganz egal, ob man Deutscher oder Türke ist, wenn man anders ist als die meisten, finden sich immer jede Menge Leute, denen das nicht paßt.«

»Das hast du gut gesagt«, sinniert der Mann. »Nur weil sehr viele gar nicht so sehr dagegen waren, konnten die Nazis die Verbrechen an den Juden verüben. Wäre es anders gewesen, hätten die Leute hellhöriger sein müssen, dann hätten sie sich gefragt, was denn in den Lagern geschieht, dann hätten sie nicht den Kopf in den Sand gesteckt.«

»Du hättest da bestimmt nicht mitgemacht.« In der Feststellung des Jungen schwingt ein fragender Unterton mit.

»Ich?« Der Mann weiß lange nicht, was er antworten soll. Schließlich sagt er: »Das ist eine Gewissensfrage. Wenn ich ihnen geglaubt hätte . . . Ich hätte wahrscheinlich keinen umgebracht, jedenfalls nicht persönlich, aber dagegen angekämpft und mein Leben riskiert hätte ich sicher auch nicht.«

»Dann wärst du ein Mitläufer gewesen.«

»Habt ihr in der Schule darüber gesprochen?«

»Ja. Wir haben einen Film über die Nazizeit gesehen. In dem Film waren auch die Leichenberge zu sehen, die die Amis in den KZ vorgefunden hatten.«

Der Mann schweigt, dann sagt er: »Ich wäre bestimmt ein Mitläufer gewesen. Ich war auch jetzt lange Zeit nichts als ein Mitläufer, habe so gelebt wie alle – oder besser: wie die meisten. Wenn ich heute ein bißchen mehr nachdenke, ist das nicht mein Verdienst. Die Langeweile hat mich aus dem Gleis gebracht; ich mache neuerdings Sachen, die ich früher nicht mal geträumt hätte.«

»Ist das mit mir auch so eine Sache?« Der Junge fragt sehr leise, sehr vorsichtig.

»Ja. Vor zwei, drei Jahren hätte ich dich bestimmt nicht mitgenommen, da hätte ich das, was wir beide jetzt machen, einfach nicht in Ordnung gefunden.« Der Mann versucht ein Lächeln, doch es mißglückt. »Inzwischen wundere ich mich immer öfter über mich selbst. Aber ich glaube nicht, daß ich dadurch ein besserer Mensch geworden bin.«
Sie sind vor dem *Goldenen Adler* angelangt. Der Mann studiert die Speisekarte. »Weißt du was, ich lade dich heute abend zum Essen ein; ganz groß und ohne Blick auf die Preise. Man muß die Feste feiern, wie sie fallen, und ich habe so das Gefühl, es liegt nur an uns, den heutigen Abend zu einem Fest werden zu lassen.«

## 7

Auf allen Tischen stehen Kerzen, die Wandbeleuchtung – grün auf braun, passend zu den Tapeten – liefert nur indirektes Licht. Die Gäste fühlen sich sicher in diesem Halbdunkel, dennoch senken sie jedesmal die Stimmen, wenn sie miteinander reden; lacht eine der wenigen jüngeren Frauen über einen Scherz ihres Tischnachbarn mal etwas lauter, blickt sie sich verlegen um. Auch der

Kellner richtet seine Fragen an die geräuschlos Speisenden – »Darf ich nachlegen?« oder »Ist es recht so?« – nur im Flüsterton. Er beugt sich dabei so tief zum Tisch hinunter, als gäbe es etwas Unschickliches zu bereden. »Ist ja wie in der Kirche hier.« Der Mann blättert in der Speisekarte herum. Es ist ihm anzusehen, daß er sich in dem Hotelrestaurant, in dem fast nur seriös gekleidete Herren mit schwarzen Aktenköfferchen und ältere Paare verkehren, nicht sonderlich wohl fühlt.
Als wäre die Bemerkung des Mannes, die der Kellner nicht gehört haben kann, eine Aufforderung gewesen, die neuen Gäste endlich wahrzunehmen, schaut der Schwarzkittel, wie der Mann den Kellner im schwarzen Anzug genannt hat, zu den beiden neuen Gästen hin. Er hatte den Mann und den Jungen schon beim Eintreten gesehen, aber nicht beachtet. Es kommen oft Gäste, die nur mal in das Restaurant hineinschauen und, wenn sie gemerkt haben, daß sie hier nicht so ganz hineinpassen, gleich wieder gehen. Diese beiden haben sich einen Tisch ausgesucht und hingesetzt und sich, was die Speisekarte betrifft, als es zu lange dauerte, bis man sie ihnen brachte, auch gleich selbst bedient.
»Die Herrschaften haben bereits gewählt?«
»Nein. Was können Sie uns denn empfehlen?«
Der Kellner nimmt eine der beiden Speisekarten, schlägt sie auf und liest ein paar Vorspeisen, Hauptspeisen und Nachspeisen vor.

»Haben Sie auch Pommes frites?« fragt der Junge mitten in die diversen Gerichte und Spezialitäten hinein.
»Selbstverständlich. Sie können jede gewünschte Beilage bei uns erhalten.« Die Stimme des Kellners vibriert vor Ungeduld.
»Bringen Sie uns zweimal Rumpsteak mit Pommes frites, ein Bier, eine Cola – und einen doppelten Klaren: Den Schreck muß ich erstmal runterspülen.« Der Mann hat so laut gesprochen, daß die meisten der Gäste zu ihm hinschauen. Nicht sofort und auch nicht alle auf einmal, aber so nach und nach und möglichst unauffällig.
»Guten Abend«, sagt der Mann und nickt dem Paar am Nebentisch zu, das die ganze Zeit noch kein Wort miteinander gewechselt hat, nun aber ebenfalls zu dem Mann und dem Jungen hinblickt.
Das grauhaarige Pärchen schaut irritiert weg, der Kellner strafft sich und überlegt, ob er den Mann wegen dieser Ungehörigkeit zurechtweisen soll, zieht es dann aber vor, den Vorfall zu übergehen und in der Küche zu verschwinden.
»Tut mir leid, daß ich dich hierher geschleppt habe«, entschuldigt sich der Mann bei dem Jungen. »War wohl keine so gute Idee, das mit dem groß Essen gehen.«
»Ist doch ganz lustig hier«, meint der Junge, aber dann ergänzt er schnell: »Wir müssen ja nicht lange bleiben.«
»Wir essen und dann verziehen wir uns auf eins unserer

Zimmer, nehmen uns was zu trinken mit und spielen Karten.«

»Hast du denn welche dabei?«

»Die werden hier doch Spielkarten haben. Und wenn nicht, dann knobeln wir eben. Dazu brauchen wir nur unsere Hände und Streichhölzer.«

Ein glattgescheitelter, rotwangiger Herr in einem grünen Trachtenanzug betritt das Restaurant. Er geht von Tisch zu Tisch und verneigt sich. »Hat es Ihnen geschmeckt? Waren Sie zufrieden?«

»Ganz ausgezeichnet! Wirklich, ganz ausgezeichnet.«

»Danke schön! Danke schön!« Der Herr im grünen Trachtenanzug strahlt.

»Der *Goldene Adler* persönlich.« Der Mann verzieht keine Miene, als er das sagt, der Junge aber lacht laut auf. »Kein goldener«, ergänzt er, »ein grüner Adler.«

Der Hotelbesitzer wird auf den Jungen aufmerksam. Für den Bruchteil einer Sekunde strahlt er nicht. Dann geht er weiter von Tisch zu Tisch. Als er endlich vor dem Mann und dem Jungen angelangt ist, sieht er sofort, daß die beiden noch nicht gegessen haben. »Es wird gleich serviert«, sagt er. Und dann fragt er, als sei ihm das eben erst eingefallen: »Sie wohnen bei uns? Gefallen Ihnen die Zimmer?«

»Doch«, sagt der Mann.

»Das freut mich.« Der Glattgescheitelte mustert aufmerksam den Jungen, wünscht noch einen »angenehmen

Aufenthalt« und »möglichst keinen Regen mehr« und wendet sich den beiden älteren Leuten am Nachbartisch zu. »Hat es Ihnen geschmeckt? Waren Sie zufrieden?«
»Oh, ja! Wie immer, Herr Beierlein«, flötet die Frau, die nun eine Dame ist, und ihr männlicher Begleiter hebt das Weinglas und prostet dem Hotelbesitzer zu. »Und der Wein erst!«
»Spießer und Spesenritter, davon lebt Herr Beierlein«, seufzt der Mann und lächelt traurig. »Wenn das Essen nicht bald kommt, gehen wir irgendwo 'ne Curry-Wurst essen.« Doch Herr Beierlein hat nicht zuviel versprochen, kaum hat der Hotelbesitzer das Restaurant verlassen, da erscheint der Kellner und serviert die Rumpsteaks mit den Pommes frites.
»Denken Sie noch an das Bier und die Cola?«
»Aber selbstverständlich, mein Herr! Wir zapfen allerdings nur Sieben-Minuten-Pilsener.«
»Meins zapfen Sie nun schon zwanzig Minuten. Das muß ja besonders gut werden. Und die Cola erst!«
Der Junge prustet los, der Kellner verzieht keine Miene. Ohne seine sonst so häufigen »Bitte sehr, der Herr!«, »Kleinen Moment, bitte!« und »Wenn's so recht ist!« serviert er zu Ende.

Es ist Nacht. Der Junge liegt in seinem Bett und lauscht dem Rauschen des Regens, der auf den Rasen unter dem geöffneten Fenster fällt, als versinke er in Watte. Es

ist ein schönes, müde machendes Geräusch, dieser endlose Regen. Der Junge hat in der Nacht zuvor kaum ein Auge zutun können, aber er kann trotzdem nicht schlafen. Seine Gedanken führen ihn hierhin und dorthin und lassen ihn immer munterer werden: Die Mutter am Telefon, der Vater, der von seinem erneuten Anruf erfahren wird, der Mann, der den ganzen Abend den Eindruck erweckte, als sinne er über etwas nach, was ihn traurig macht und ihm unlösbar erscheint, die lederbekleideten Jungen vor der Apotheke, der mißtrauische Empfangschef, der hochmütige Kellner, der nach Haarspray duftende Hotelbesitzer – sie alle tanzen ihm im Reigen durch den Kopf, verschwinden und tauchen wieder auf.
»Hoffentlich regnet es morgen nicht«, hat der Mann beim Abschied gesagt. Im Hotel waren keine Spielkarten aufzutreiben gewesen, und das Knobeln zu zweit erheiterte sie nur kurze Zeit.
Wenn es so weiterregnet, wird der Mann seine Reise von See zu See sicher bald abbrechen. Er war den ganzen Abend schon so komisch. Und was macht er dann? Wo soll er hin? Er findet keinen zweiten Werner, der ihn mitnimmt und auch noch für ihn zahlt, als sei das selbstverständlich.
Schritte im Flur, eilige Schritte. Vor seiner Tür bleiben sie stehen. »Dusan Cendic?«
Der Junge fährt auf. Er hatte vergessen, daß er sich

unter diesem Namen in das Anmeldeformular eingetragen hat, sein »Ja?« erstickt ihm zur Hälfte im Hals.
»Bitte, öffnen Sie!«
»Warum denn? Ich . . . ich schlaf schon.«
»Polizei. Bitte, öffnen Sie.«
Polizei? Die Eltern . . . Haben sie ihn gefunden?
Nur einen Moment zögert der Junge, dann ruft er: »Gleich. Ich zieh nur schnell was über.«
Die Männer auf dem Flur reden miteinander, der Junge kann nicht verstehen, was sie sagen. In fieberhafter Eile steigt er in die Hosen, zieht den Pullover des Mannes über und die Schuhe an. Dann nimmt er die Regenjacke in die Hand und steigt auf den Fenstersims.
Wieder klopft es. »Öffnen Sie!«
Der Junge wirft die Jacke auf den Rasen, hält sich am unteren Teil des Fensterrahmens fest und läßt sich so weit wie möglich am Fenster herab, dann springt er. Er landet auf dem weichen Rasen, fällt auf den Rücken und spürt einen stechenden Schmerz im rechten Knöchel. Aber er bleibt nicht auf dem nassen Rasen liegen, er beißt die Zähne zusammen, sucht seine Regenjacke und hinkt, als er sie hat, sich im Schatten der Bäume haltend, eilig davon.

# 8

Das Restaurant hat längst geschlossen, nur zwei der Wandleuchten sind eingeschaltet, dahinter versinkt alles in Finsternis. Der Mann sitzt den Polizisten, die ihn geweckt haben, gegenüber. Irgendwo im Dunkeln sitzen Herr Beierlein und sein Empfangschef.

»Sie heißen?«

Die beiden Polizisten sind noch sehr jung, nicht älter als fünfundzwanzig, der eine hat noch ein richtiges Kindergesicht, der andere trägt einen Kinnbart, der ihn etwas älter erscheinen läßt.

»Schuster. Werner Schuster.«

»Können Sie sich ausweisen?«

»Meine Papiere sind im Wagen.«

»Da gehören sie ja wohl kaum hin. Wenn Ihnen der Wagen gestohlen wird, hat der Dieb gleich noch die nötigen Papiere, um weitere Straftaten begehen zu können.« Der Polizist mit dem Kindergesicht blickt den Mann streng an. »Ziemlich fahrlässig sowas.«

»Ich hab sie vergessen, es hat so geregnet. Soll ich sie holen?«

»Das können Sie später tun. Jetzt beantworten Sie erst mal unsere Fragen. – Sie machen hier Ferien?«

»So kann man es nennen.«

»Was heißt das?«

»Ich bin arbeitslos und fahre spazieren.«
»Als Arbeitsloser haben Sie sich doch dem Arbeitsamt zur Verfügung zu halten?«
»Auch Arbeitslosen stehen Ferien zu. Ich habe meine drei Wochen genommen, das Arbeitsamt weiß Bescheid.«
Der Polizist mit dem Kindergesicht zieht mißtrauisch die Stirn kraus, sein Kollege nickt: »Das geht vorläufig in Ordnung, das gibt's.«
»Nun zu dem Jungen, mit dem Sie herumreisen, wie heißt er, wo kommt er her?«
»Warum fragen Sie ihn nicht selber?«
»Weil er verschwunden ist.«
»Verschwunden?« Der Mann erhebt sich langsam. »Was haben Sie mit ihm gemacht?«
»Gar nichts. Wir wollten ihn nur zur Person vernehmen. Anstatt die Tür zu öffnen, ist er aus dem Fenster gesprungen.«
Der Mann setzt sich wieder. »Wahrscheinlich waren Sie nicht sehr freundlich zu ihm.«
Die beiden Polizisten werfen einander Blicke zu, dann fragt der mit dem Kinnbart: »Haben Sie eine Ahnung, wo er hingelaufen sein könnte?«
»Nein.«
»Aber Sie kennen den Jungen doch?«
»Ich weiß von ihm nur, was er mir erzählt hat.«
»Wie heißt er?«

Der Mann zögert. »Er hat sich doch eingetragen.«
»Er heißt also Dusan Cendic?« Das Kindergesicht hat das Zögern mitbekommen. »Sind Sie sich da ganz sicher?«
»Fast. Ich hab ihn nicht nach dem Ausweis gefragt. Mit fünfzehn besitzt er ja noch gar keinen.«
»Wie und wo haben Sie ihn kennengelernt?«
Der Mann erzählt, wie der Junge und er sich kennengelernt haben. Er berichtet ausführlich, er verschweigt nichts, doch er läßt weg, was darauf hindeuten könnte, daß der Junge kein Jugoslawe namens Dusan Cendic ist.
»Ein Jugoslawe, der nicht nach Hause zurück will?« Das Kindergesicht bleibt mißtrauisch. »Das würde doch viel eher zu einem Türken passen.«
»So sieht er auch aus«, bestätigt Herr Seidl im Hintergrund. »So dunkel, wie der ist . . . also, wenn Sie mich fragen, das ist kein Jugoslawe.«
Der Mann dreht die grüne Wandlampe, neben der er sitzt, so, daß er den Hotelbesitzer mit seinem Empfangschef sehen kann. Die beiden fühlen sich unwohl und blicken hilfesuchend die Polizisten an. Der mit dem Kinnbart dreht die Wandlampe zurück. »Sie wissen also nur, was der Junge Ihnen gesagt hat?«
»Ja.«
»Und er hat Ihnen gesagt, er ist Jugoslawe und heißt Dusan Cendic.«

»Ja.«
»Finden Sie nicht, daß Sie sofort seine Eltern hätten unterrichten müssen?«
»Das hat er selbst getan. Er hat sie angerufen.«
»Waren Sie dabei?«
»Er war in der Telefonzelle, ich habe im Auto auf ihn gewartet.«
Die beiden Polizisten gucken ungläubig. »So dumm können Sie doch nicht sein. Woher wollen Sie wissen, daß er tatsächlich angerufen hat?«
»Ich vertraue ihm.«
Herr Beierlein räuspert sich, als wolle er etwas sagen, der Polizist mit dem Kinnbart bedeutet ihm zu schweigen und setzt das Verhör fort. »Was wollten Sie eigentlich von dem Jungen?«
»Wie meinen Sie das?«
»Die Fragen stellen wir.« Das Kindergesicht verdunkelt sich. »Also: Welche Art von Beziehung bestand zwischen Ihnen und dem Jungen?«
»Freundschaft. Wir waren, das heißt, wir sind miteinander befreundet. Wir haben uns an einem See kennengelernt, er hat mich gefragt, ob ich ihn mitnehme, ich war alleine und langweilte mich – also hab ich ihn mitgenommen. Aber das habe ich Ihnen ja alles schon erzählt.«
»Wenn Sie so um den heißen Brei herumreden«, sagt der Polizist mit dem Kinnbart, »müssen wir deutlicher

werden: Hatten Sie sexuelle Beziehungen zu dem Jungen?«

Der Mann antwortet nicht gleich. Dann sagt er leise, aber deutlich: »Erstens habe nicht ich, sondern Sie die ganze Zeit um den heißen Brei herumgeredet, und zweitens: Wenn Sie auf die dreckige Phantasie dieser beiden da hereinfallen« – er weist auf die beiden Männer im Hintergrund –, »sind Sie selbst schuld.«

»Ich muß doch sehr bitten«, empört sich Herr Beierlein. »Wir haben schließlich einen Ruf zu verteidigen, wir sind doch kein Stundenhotel.«

»Bitten dürfen Sie«, entgegnet der Mann ruhig, »vor allem um Entschuldigung. Wenn der Junge jetzt irgendwas Unbedachtes anstellt, haben Sie ihn auf dem Gewissen.«

»Also das ist doch . . .« Herrn Beierlein hält es nicht mehr auf seinem Stuhl.

Der Polizist mit dem Kinnbart beruhigt Herrn Beierlein. »Setz dich, Robert«, sagt er. »Wir wissen schon, wie wir das zu deuten haben.«

»Sie wissen gar nichts.« Der Mann beginnt, sich eine Zigarette zu drehen. »Ein Junge und ein nicht mit ihm verwandter Mann, die gemeinsam in einem Hotel absteigen und ein Doppelzimmer verlangen, das sie dank des guten Rufes dieses Hauses natürlich nicht bekommen, was soll da schon laufen, außer einer homosexuellen Beziehung? Auf die Idee, daß sich da zwei

getroffen haben, die jeder für sich allein sind und froh sind, es eine Zeitlang nicht sein zu müssen, darauf kommen Sie nicht, das kommt in Ihrer Phantasie nicht vor.«
Das Kindergesicht steckt sich auch eine Zigarette an, bläst den Rauch vor sich hin, gibt sich gelassen. »Der Junge hat Eltern, wieso ist er allein?«
»Weil seine Eltern ihn nicht verstehen. Sie wollen in die Heimat zurück, er aber ist hier aufgewachsen, fühlt sich als Deutscher – oder besser: als deutscher Jugoslawe.«
»Deutscher Jugoslawe!« Herr Beierlein lacht laut auf.
»Lustig, nicht?« Der Mann dreht wieder an der Wandlampe und taucht die Gesichter der beiden Männer im Dunkeln in ein verwischtes Grün. »Wissen Sie, was ich lustig finde? Daß Sie hier herumsitzen und zuhören dürfen. Vielleicht stört mich das, vielleicht halte ich das für nicht in Ordnung und sage deshalb nicht, was Sie hören wollen.«
»Die beiden Herren sind Zeugen«, erklärt das Kindergesicht. »Wir möchten nicht, daß Sie später unrichtige Behauptungen über unsere Verhörmethoden aufstellen. Sowas soll's ja geben. Und jetzt holen wir vielleicht doch lieber erst einmal Ihre Papiere.« Er steht auf und fragt den Hotelbesitzer, ob er was zu trinken haben könne. Eilfertig verschwindet Herr Beierlein hinter der Theke.
Der Mann geht erst noch einmal auf sein Zimmer, die Wagenschlüssel holen. Der mit dem Kinnbart begleitet

ihn. Der Mann zieht sich seine Jacke über, steckt sein Portemonnaie und die Schlüssel ein und steigt vor dem Polizisten die Treppe wieder hinunter.
Draußen regnet es noch immer. »Sauwetter!« schimpft der Mann und schlägt den Kragen seiner Jacke hoch. Dann geht er neben dem Polizisten über den dunklen Hotel-Parkplatz.
»Da ist er ja!« Der Mann bleibt stehen und hält den Polizisten zurück.
»Wo?« Der Polizist blickt in die Richtung, in die der Mann deutet.
»Na dort! Sehen Sie ihn denn nicht?« Der Mann winkt und läuft los. »Dusan!« ruft er und wird immer schneller.
»Halt! Bleiben Sie stehen!« schreit der Polizist. Doch der Mann hat die andere Straßenseite bereits erreicht; er läuft zwischen zwei Büschen hindurch, um eine Straßenecke herum, in die Straße hinein. Im Schatten einer Toreinfahrt bleibt er stehen. Der Polizist, der ihm gefolgt ist, bleibt mit vorgehaltenem Revolver an der Straßenecke stehen. Unsicher schaut er sich um. Dann flucht er leise.
Der Mann preßt sich noch dichter an das Holztor.
Der Polizist lauscht. Als er nichts hört, geht er ein Stück in die finstere Straße hinein. Dabei immer den Revolver im Anschlag. Dann bleibt er erneut stehen, versucht, ein Geräusch aufzufangen. Als er wieder nichts hört, geht er die Straße rückwärts zurück. Erst an der Straßenecke

dreht er sich um und läuft in Richtung *Goldener Adler* davon.
Der Mann verläßt die Toreinfahrt; immer im Schatten bleibend, geht er vorsichtig hinter dem Polizisten her. Als der Polizist im *Goldenen Adler* verschwunden ist, hastet er über die Straße, läuft über den Parkplatz, steigt in seinen Wagen und kurbelt das Fenster herunter: Noch ist alles ruhig. Er holt tief Luft, startet den Wagen, weiß, daß das bis in den Gastraum hinein zu hören sein muß, gibt Gas und rast mit quietschenden Reifen davon.
Im Rückspiegel sieht er die beiden Polizisten mit dem Hotelbesitzer und dem Empfangschef auf die Straße stürzen. Er rast weiter, ohne Licht rast er durch den nachtdunklen Ort. Erst als er aus der Ortschaft heraus ist, schaltet er das Licht ein, nimmt aber trotz der regennassen Straßen kein Gas weg.
Der Mann fährt durch mehrere Ortschaften hindurch, bis er, nachdem er eine beträchtliche Entfernung zurückgelegt hat, in einem der Orte einen Parkplatz entdeckt, der zum überwiegenden Teil von parkenden Autos zugestellt ist. Er fährt seinen Wagen zwischen zwei andere, stellt den Motor ab, schaltet das Licht aus, öffnet die Tür und wartet.
Es ist nichts zu hören, die beiden Polizisten sind ihm nicht gefolgt.

Als der Morgen graut und der Berufsverkehr einsetzt, fährt der Mann den Weg, den er in der Nacht gekommen ist, zurück. Er hält sich genau an das Tempo des Wagens vor ihm, bleibt in der Schlange, schert erst aus, als er die Abbiegung erreicht hat, die zum Kiessee führt. Er hatte es sich gedacht: In seiner gelben Regenjacke steht der Junge, der ihn kommen gehört hat, neben dem Zelt und schaut ihm entgegen.
Der Mann steigt aus. »Das hätte schiefgehen können, mein Lieber! Reiß mich nicht noch mal in sowas rein.«
»Ich habe mir den Fuß verstaucht«, sagt der Junge hilflos.
»Auch das noch!« Der Mann geht um den Wagen herum und öffnet die Tür zum Beifahrersitz. »Los! Steig ein.«
»Und das Zelt?«
»Das mach ich schon.«
Der Mann baut das Zelt ab, legt es so klatschnaß wie es ist in den Kofferraum, die Leinen, Stangen und Pflöcke obendrauf. Dann setzt er sich auf den Fahrersitz und läßt sich den Knöchel zeigen. Er ist rot und dick. »Stell dir vor, du hättest dir den Fuß gebrochen, dann wär jetzt alles zu Ende.«
»Ist es denn nicht . . . zu Ende?« Es ist dunkel im Wagen, der Junge kann das Gesicht des Mannes nur in Umrissen erkennen, er weiß nicht recht, wie er seine Stimmung einschätzen soll.
»Nein«, sagt der Mann. »Es hat noch mal geklappt.« Er

will noch etwas sagen, zieht es dann aber vor, vorläufig nichts mehr zu sagen, sondern den Wagen zu starten und vorsichtig den schlammigen und pfützenübersäten Weg zwischen den Gärten zurückzufahren.
»Haben meine Eltern die Polizisten geschickt?«
»Deine Eltern? Nein, deine Eltern haben mit der Sache nichts zu tun. Die im Hotel haben uns die Sache eingebrockt.«
Nun ist es an dem Jungen, überrascht zu sein. »Die im Hotel? Aber wieso denn? Wir haben denen doch gar nichts getan.«
»Die kapieren einfach nicht, daß wir beide nur so durch die Gegend zuckeln, die glauben, wir haben was miteinander. – Sexuell, verstehst du?«
Der Junge versteht – aber er begreift es nicht, auf diese Idee wäre er zuallerletzt gekommen. Und dann ist da noch etwas, was er nicht so recht in einen Zusammenhang bringen kann: Wieso hat der Mann gesagt, er hätte ihn in diese Sache hineingerissen, wenn nicht die Eltern, sondern die Leute vom Hotel hinter allem steckten?
Der Mann hat die Autostraße erreicht. Er schaut sich lange um, bevor er in die ortsauswärtsführende Straße einbiegt, viel länger, als es notwendig gewesen wäre, um den Verkehr zu beobachten. »Ich habe sie ausgetrickst«, sagt er, als sie danach einige Zeit schweigend die Straße entlanggefahren sind, »aber Spaß gemacht hat es nicht.«

# 9

Es ist warm im Wagen, die Mittagshitze lastet auf dem Parkplatz zwischen den Bäumen, durch die heruntergekurbelten Fenster dringt kein Lufthauch.
Der Junge schläft. Er liegt schräg über die beiden Rücksitze, den Kopf in das Kissen vergraben. Auch der Mann hält die Augen geschlossen. Er hat die Rückenlehne so weit wie möglich zurückgestellt, die Beine weit von sich gestreckt, doch es nützt nichts; da kann er noch so hundemüde sein, er kann im Wagen nicht schlafen, nur dösen und nachdenken.
Er wird sich eine neue zweite Hose kaufen müssen, auch Hemden, Unterwäsche, Waschzeug – er hat das alles im Hotel liegenlassen.
Er wird auch dem Jungen was zum Anziehen kaufen müssen; er trägt ja immer noch das Zeug, das er schon trug, als sie sich kennenlernten.
Er hätte sich nie darauf einlassen dürfen, den Jungen mitzunehmen, noch dazu in seiner Lage. Doch jetzt gibt's kein Zurück mehr; daß der Junge sich in der Nacht im Zelt verkrochen hatte, beweist, daß er ihm blindlings vertraut. Auf die Idee, daß er ihn hätte verraten können, ist er gar nicht erst gekommen.
Eine grüne Fliege kommt durchs Fenster geflogen, summt herum, findet nicht hinaus. Dem Mann erscheint

ihr Summen überlaut, er wedelt sie mit der Zeitung hinaus und schließt wieder die Augen.
Als Kinder nannten sie die grünen Fliegen Scheißhausfliegen, deshalb ekelte er sich vor ihnen, und die Jungen trieben ihre Späße mit seiner Empfindlichkeit: Sie fingen eine grüne Fliege, rissen ihr einen Flügel aus und ließen sie vor seinen Augen auf dem Pflaster herumtrieseln, bis sie sie mit einem Tritt zerquetschten. Ihm war vom Zusehen schlecht geworden, die Jungen lachten ihn aus, nannten ihn einen Schlappschwanz.
Er hat dem Jungen erzählt, daß er sich früher oft prügeln mußte, weil er anders war als die anderen, und die Jungen ihn deshalb nicht mochten. Eigentlich ist das so nicht ganz richtig. Er prügelte sich als Jugendlicher nicht deshalb so oft, weil er anders war, sondern weil er nicht anders sein wollte, weil er stets und ständig beweisen wollte, daß er kein Schlappschwanz war. Deshalb hatte er im Judo-Club mittrainiert. Nicht dazugehören war für ihn immer schon das schlimmste gewesen. Und jetzt gehört er wieder nicht dazu. Noch weniger als je zuvor.
Der Junge beginnt seine unbequeme Lage zu bemerken, dreht sich im Schlaf hin und her. Der Mann stellt das Radio an.
Der Junge ist wach, schaut hinaus. »Wo sind wir?«
»Immer noch auf demselben Parkplatz.«
»Es ist heiß.«

»Was macht dein Knöchel?«
»Der ist noch heißer.« Der Junge beugt sich von hinten über den Beifahrersitz. »Hast du auch geschlafen?«
»Leider nicht.«
»Was hast du die ganze Zeit getan?«
»Nachgedacht.«
»Über mich?«
»Über dich, über mich, über Fliegen, über Menschen. Manchmal hat man so Momente, da glaubt man, sich selbst ganz gut zu kennen.«
Der Junge legt die Arme über den Vordersitz und stützt das Kinn auf die übereinandergelegten Fäuste. »Warum erzählst du mir eigentlich nicht, wie du die Bullen ausgetrickst hast?«
»Weil ich nicht stolz darauf bin.« Der Mann nimmt die Karte aus dem Handschuhfach. »Nicht weit von hier ist ein See, der ist ziemlich groß, aber sicher ist er überlaufen.«
»Wir können ihn uns ja mal anschauen«, meint der Junge. Er möchte dem Mann was Freundliches sagen, aber ihm fällt nichts Passendes ein.

Sie fahren erst einkaufen; in einem Supermarkt, der von der Zahncreme bis zum Schlafzimmer alles hat, kaufen sie, was sie benötigen. Dann fahren sie zu dem See, den der Mann auf der Karte ausfindig gemacht hat, und erreichen ihn gerade noch so rechtzeitig, daß sie das

nasse Zelt aufschlagen und von der Sonne trocknen lassen können, bevor die Sonne zu schwach dazu ist. Doch schon beim Spannen des Zeltes verständigen sie sich darüber, daß sie am nächsten Tag weiterfahren wollen: Der Campingplatz ist überfüllt, Wohnwagen neben Wohnwagen und Hauszelt neben Hauszelt reihen sich aneinander; verschiedene Musiken dudeln gleichzeitig; Wäschestücke, Fußballwimpel und sogar eine an einem weißen Fahnenmast aufgezogene Deutschland-Flagge flattern im Nachmittagswind; Rufe, Schreie und Gekreisch aus dem Wasser dringt zu ihnen hin; dazu die belustigten Blicke der Campingnachbarn, die sich gegenseitig auf das in seinem nassen Zustand ziemlich erbärmlich wirkende Methusalem-Zelt der beiden Neuankömmlinge aufmerksam machen.
Der Junge nimmt den Eimer, geht zum Wasser und füllt ihn. Dann setzt er sich in der Nähe des Zeltes auf eine Bank und stellt den Fuß mit dem verstauchten Knöchel in den Eimer mit dem Wasser. Der Mann kocht Tee, schneidet Wurst und Brot in Stücke, trägt alles zur Bank, setzt sich daneben und bedauert, daß sie an diesem See wohl kaum ihre abendliche Runde schwimmen können.
»Ich hab das Gefühl, irgendwas von mir abwaschen zu müssen.«
»Ich auch«, sagt der Junge ernst. Und dann: »Ulkig! Wenn andere mir was Schlechtes zutrauen, habe ich immer das Gefühl, schuld daran zu sein.«

»Das legt sich«, meint der Mann. »Eines Morgens wachst du auf und stellst fest, daß es dir egal ist, was andere von dir denken.«
»Aber du hast doch auch das Gefühl, irgendwas von dir abwaschen zu müssen?«
»Ich hab mich ja auch schmutzig gemacht.« Der Mann lächelt bitter.
Der Junge schweigt.
Der Mann fährt ihm mit der Hand über die Wange. »Jetzt mußt du dich aber bald mal rasieren.« Und als der Junge ihn fragend anblickt, fügt er hinzu: »Keine Angst, deine Aufenthaltsgenehmigung für Zelt und Wagen habe ich auf unbefristete Dauer verlängert.«

Der Junge rasiert sich. Er benutzt dazu den Trockenrasierer des Mannes, aber das macht es schwierig, sein Bart ist noch zu weich; als er fertig ist, hat er das Gefühl, sich Wangen, Kinn und Halspartie wundgescheuert zu haben. »Zu Hause rasiere ich mich immer naß«, sagt er, »das geht leichter.«
Der Mann reicht ihm sein Rasierwasser. »Was denn, auf der Oberlippe rasierst du dich nicht?«
»Das soll ein Schnurrbart werden.« Der Junge wird rot. »In der Türkei ist man ohne Schnurrbart kein richtiger Mann.«
»Aha.« Der Mann schmunzelt. »Alles Türkische ist dir also doch nicht zuwider.«

»Natürlich nicht«, entgegnet der Junge. »In allen Ländern gibt es Gutes und Schlechtes. Wenn sich die Menschen nur das Gute voneinander abgucken würden, gäbe es bald keine Probleme mehr auf der Welt.«

»Und ein Schnurrbart ist was Gutes?« spottet der Mann, aber dann wird er ernst. »Du hast recht, wenn wir deinen Rat befolgen würden, wären wir tatsächlich besser dran.«

Das Rasierwasser brennt auf der geschundenen Haut, dem Jungen steigen die Tränen in die Augen. Er setzt sich ins Gras. »Bist du eigentlich verheiratet?«

Die Frage kam so plötzlich, daß der Mann vor Überraschung die Augenbrauen hochzieht. »Wozu willst du das wissen?«

»Nur so.«

Der Mann dreht erst die Zigarette zu Ende, die er gerade in Arbeit hat. »Ich war verheiratet. Doch das ist lange her.«

»Hast du Kinder?«

»Zwei Mädchen.«

»Wie alt?«

»Siebzehn und vierzehn.«

»Und wie heißen sie?«

»Marita und Kerstin.« Der Mann reicht dem Jungen die Zigarette.

»Siehst du sie ab und zu?«

»Selten.«

Schweigend rauchen die beiden. Der Junge schaut zu den Campern hin. »Mit dem Schwimmen wird's heute nichts mehr. Die gehen bestimmt erst spät schlafen.«

Der Junge hat richtig vermutet, bis spät in die Nacht hinein ist Leben auf dem Campingplatz. Es wird Musik gehört, gezecht und irgendwo sogar getanzt. Der Mann hat zwei Flaschen Rotwein besorgt, sitzt vor dem Zelt, trinkt und raucht und schweigt. Der Junge trinkt nur wenig von dem Wein, mit seinem immer noch schmerzenden Fuß hinkt er durch das flache Wasser, kühlt so den Knöchel und macht gleichzeitig einen Spaziergang. Als der Mann die beiden Flaschen ausgetrunken hat, ist er müde und geht schlafen. Der Junge sitzt noch einige Zeit vor dem Zelt, lauscht den Geräuschen rings um ihn herum, legt sich dann, von der Müdigkeit überwältigt, ebenfalls ins Zelt und schläft sofort ein.

Am frühen Morgen, so früh, daß die Sorge, jemanden könne ihre Nacktheit stören, unbegründet ist, gehen sie dann schwimmen.

Es ist, als wären sie an einem anderen See, so totenstill ist es; die Oberfläche des Sees ist glatt wie Öl, Vogelstimmen sind die einzigen Geräusche, die sie hören.

Sie schwimmen keine Runde um den See, dazu ist dieser See zu groß, und der Junge mit seinem verstauchten Knöchel zu langsam, sie schwimmen nur zur anderen Seite hinüber. Dort ruhen sie sich aus und schwimmen dann, ihre Einsamkeit genießend und sich

zwischendurch immer wieder auf der Wasseroberfläche treiben lassend, zurück.
Der Campingplatz ist noch nicht zum Leben erwacht. Sie laufen zwischen den Zelten und Wohnwagen hindurch, trocknen sich ab und ziehen sich an. Dann frühstücken sie und sehen zu, wie die ersten Camper aus ihren Behausungen treten, den Schlaf von sich abschütteln und gemächlich zu den Toiletten und Waschanlagen spazieren.
Als die Camper beim Frühstück sitzen, haben die beiden ihr Zelt bereits abgebaut und im Wagen verstaut. Die Camper sehen ihnen über ihre Kaffeetassen hinweg zu und scheinen zufrieden darüber zu sein, daß die doch etwas aus dem Rahmen fallenden Nachbarn ihr Gastspiel so schnell wieder beendet haben.
»Und jetzt?« fragt der Junge, als sie das an den See angrenzende Waldgebiet verlassen haben und die Landstraße in Richtung Norden entlangfahren. »Ein anderer See?«
»Von Seen habe ich die Nase voll«, erklärt der Mann. »Jetzt geht's an die Küste.«
»Ans Meer?«
»An die Nordsee, ja.«
»Da war ich noch nie.«
»Hoffentlich bist du nicht enttäuscht, so gemütlich und warm wie euer Mittelmeer ist unsere kalte graue Nordsee nicht.«

»Es ist nicht mein Mittelmeer. Außerdem waren wir immer am Schwarzen Meer, das Mittelmeer habe ich nur vom Flugzeug aus gesehen.«
»Entschuldige.«
Sie fahren zwischen Wiesen hindurch, über denen noch Morgennebel liegt. Der Junge befühlt seinen Knöchel, der langsam blau wird. »Wenn der Fuß wieder in Ordnung ist, gibst du mir dann wieder Fahrunterricht?« fragt er.
»Wenn Eure Lordschaft wert darauf legen – selbstverständlich!« Der Mann schaltet das Autoradio ein. Musik erklingt, Musik, die der Mann kennt, er summt leise mit.

## 10

Es ist später Nachmittag. Die Sonne färbt die vereinzelten Wolkenbänke am Himmel glutrot. Der Mann und der Junge sind direkt neben dem Schild mit der Aufschrift *Das Betreten der Deichanlagen ist verboten!* über den Drahtzaun geklettert, über den Innendeich hinweggestiegen und durch das dichte, saftige Gras zum Außendeich hinübergewandert. Nun stehen sie auf dem Außendeich, ein heftiger Wind zaust ihnen das Haar,

einige vereinzelte Schafe, die sich von der etwas weiter entfernt grasenden Herde gelöst haben, ergreifen die Flucht.
Es ist Ebbe. Mädchen streifen durch das Watt. Ihre bunten T-Shirts bilden einen angenehmen Kontrast zu dem in der Abendsonne rötlichen Grau der Wattlandschaft. Bleibt ein Mädchen mit ihren Gummistiefeln im Watt stecken, wird sie von den anderen unter lautem Gelächter befreit.
»Gefällt's dir?«
Der Junge nickt. »Aber es ist anders als am Schwarzen Meer, es ist ein ganz anderes Meer. Es riecht anders.«
Der Mann versucht, eines der Schafe, das besonders dicht in Wolle steht, anzulocken. Doch das Schaf läßt sich nicht locken, es steht nur da und glotzt. Vorsichtig nähert sich der Mann dem Tier, als er zu nahe kommt, dreht es sich weg und läuft fort. Dann bleibt es stehen und schaut mißtrauisch zurück.
Der Junge reißt ein Büschel Gras aus und hält es dem Schaf hin, sofort kommt es auf ihn zu und frißt ihm aus der Hand.
»So geht es zu auf unserer Welt: Sogar die Schafe tun nichts umsonst.« Der Mann lächelt müde. »Und wir halten sie für blöd.«

Es gibt einen kleinen Hafen in dem Fischerdorf, Krabbenkutter liegen dort vor Anker, Möwen fliegen kreischend um die Masten, es riecht nach Fisch. Gegenüber der Kaianlage befindet sich eine Gastwirtschaft: *Fietjes Krog.* Die Speisekarte, eine mit Kreide beschriebene schwarze Tafel, steht neben der Eingangstür. Es gibt alle möglichen Sorten Fisch in den verschiedensten Variationen. Die Preise sind erschwinglich.

Der Gastraum sieht aus wie ein Schiffahrtsmuseum, an den Wänden hängen alte Seekarten, Schiffsinstrumente und Bilder mit den wettergegerbten Gesichtern alter Fahrensleute. In den Schaukästen neben den Tischen befinden sich Schiffsmodelle. Der Mann setzt sich an den Tisch neben der *Anna Susanna*, schiebt dem Jungen den Stuhl neben sich zu und blickt sich in dem von Tabakrauch verqualmten Raum um.

Die Männer an den blanken Holztischen sind keine Feriengäste, es sind Einheimische, die karierte Hemden und blaue Schiffermützen tragen und sich nicht sonderlich für die beiden neuen Gäste interessieren. Sie unterhalten sich in ihrer kantigen Sprache mit dem spitzen S miteinander, schütteln manchmal besorgt die Köpfe und schlagen mit der flachen Hand auf den Tisch, wenn sie lachen.

Der Junge versteht nicht, was die Männer an den Tischen reden, aber ihre Art zu reden und zu lachen gefällt ihm. Dem Mann, der offensichtlich mehr von den Gesprächen versteht, ergeht es ebenso. Ab und zu, wenn die Männer an den Tischen laut auflachen, schmunzelt

er mit, dann ist seine Miene so gelöst, wie sie es seit jenen ersten Tagen ihrer gemeinsamen Reise, als sie noch miteinander angelten und ihre abendlichen Runden um den See schwammen, nicht mehr war.
Der Wirt, den die Männer im Krog tatsächlich Fietje rufen, kommt an den Tisch. Er ist ein noch ziemlich junger Mann, knapp über die dreißig, aber schon sehr rund und kahlköpfig, und als wolle er das fehlende Kopfhaar damit ersetzen, ziert sein gemütliches Gesicht mit der ebenfalls sehr runden Nase ein wallender, an den Spitzen ausgedünnter Bart.
Der Mann berät sich mit dem Wirt über den garantiert frischesten Fisch und wählt schließlich für den Jungen und sich je eine Kutterscholle. Dem Wirt hat es gefallen, daß der Mann so wählerisch war, er unterhält sich länger mit ihm, will wissen, wo sie herkommen, wo es hingeht.
»Wir machen Ferien«, sagt der Mann. »Wir fahren einfach so durch die Gegend. Wo es uns gefällt, da bleiben wir, wo nicht, sind wir bald wieder weg.«
»Bei uns wird's Ihnen gefallen«, erwidert der Wirt. »Wir sind noch nicht so von Feriengästen überlaufen, bei uns kann man noch ein paar ruhige Tage verbringen.« Er sagt das alles in dem Dialekt der Küstenbewohner, aber er spricht sehr langsam und so kann auch der Junge ihn verstehen.
Die beiden Schollen sind so groß, daß sie die riesigen

Teller, auf denen sie serviert werden, gänzlich ausfüllen. Aber sie sind nicht nur groß, sie schmecken auch phantastisch. Der Mann kommt nicht umhin, sie immer wieder zu loben. Er lobt auch das Bier und den klaren Schnaps, den er nach der Scholle trinkt, um sie runterzuspülen. »So laß ich's mir gefallen«, sagt er. »Das nenne ich einen gemütlichen Abend.«
»Hat's geschmeckt?« Fietje räumt ab.
»Phantastisch. Das Beste seit langem. Nur mein junger Freund hier fängt noch frischere Fische.«
»Wenn du gern fischst, mußt du mal mit einem unserer Kutter rausfahren.« Fietje wendet sich dem Jungen zu. »Allerdings mußt du dann früh aufstehen.«
»Geht das?« will der Mann wissen. »Da würde ich auch gerne mitfahren.«
»Gegen ein kleines Entgelt. Na klar! Ist doch ein Zuverdienst für die Fischer. So rosig geht's denen heute auch nicht mehr.«
Fietje geht zu einem der Männer an den Holztischen und spricht mit ihm, dabei zeigt er auf den Mann und den Jungen. Der Schiffer steht auf und kommt an den Tisch. »Schorsch«, sagt er und streckt dem Mann die Hand hin.

Sie liegen nebeneinander in den Betten. Das Licht haben sie bereits ausgeschaltet, sie liegen da und lauschen auf den stärker gewordenen Wind, der durch die

Ritzen pfeift, und auf die Brandung der Flut, die nun so stark ist, daß auch das geschlossene Fenster und die zugezogenen Vorhänge das gleichmäßig wiederkehrende Geräusch nicht ersticken können.
Der Mann ist redselig wie nie zuvor. Er hat ein paar Klare zuviel getrunken, aber er ist nicht betrunken. Er hat sich mit Schorsch und Fietje prächtig verstanden, hat vom Ruhrgebiet erzählt, von der Situation in der Stahlindustrie, kam dabei vom Hundertsten ins Tausendste. Die beiden haben sich für alles interessiert, haben immer wieder nachgefragt, wenn sie irgendwas nicht verstanden, und dann von der Wirtschaftslage der Küstenfischer erzählt. Der Junge hatte die ganze Zeit nur zugehört, aber es hatte ihn nicht gelangweilt, im Gegenteil, das Gespräch fesselte ihn: Ein Küstenfischer, der wegen schlechter Fangergebnisse seinen Beruf aufgeben und irgendeine Tätigkeit im Binnenland annehmen muß – wenn er überhaupt eine findet! –, ist auch nicht viel besser dran als Vater und seine Kollegen.
»Fietje ist ein Mensch.« Der Mann verschränkt die Arme unter seinem Kopf. »Hat er einmal gefragt, was wir beide miteinander zu schaffen haben? Hat er nicht! Kam er auch nur im entferntesten auf die Idee, uns zwei Einzelzimmer anzubieten? Kam er nicht! Und Schorsch ist auch in Ordnung.« Er seufzt vor Wohlbehagen. »Hier können wir wirklich ein paar Tage bleiben.«
»Aber jede Nacht ein Zimmer bezahlen . . .?«

»Fietjes Preise machen uns nicht arm.« Der Mann schweigt und sagt dann plötzlich: »Manchmal träume ich davon, bis an mein Lebensende so durch die Gegend zu ziehen.«

»Allein?«

»Um Himmelswillen! Nein. Am liebsten zu fünft oder zwölft. Raus aus den festen Häusern, durchs Land fahren wie die Zigeuner, trinken, singen, tanzen, lachen, mit Arbeit und Spaß, Frauen und Kindern immer unterwegs. Die Welt genießen, weißt du, das Dasein auskosten.«

»So wie jetzt, nur zu mehreren?«

»Nicht nur so wie jetzt, auch ganz anders, viel freier, viel . . . menschlicher.«

Der Mann steht auf, er muß auf die Toilette. Als er wiederkommt, sieht ihn der Junge groß an. »Nimmst du mich dann mit?«

»Wann?«

»Wenn du deinen Traum wahr machst.«

Der Mann legt sich ins Bett zurück. »Es gibt Träume, Yasar, die macht man nie wahr, die träumt man nur so; man weiß, daß es Blödsinn ist, daß es einfach nicht geht, aber man träumt es trotzdem.«

»Träumen alle sowas?«

»Alle nicht, wohl nur die, die ihre Neugier, ihren Spaß an der Welt noch nicht verloren haben.«

»Kann man denn seine Neugier verlieren?«

»Man kann. Wer oft enttäuscht wurde, ist an Neuem nicht mehr allzu interessiert. Er legt sich eine Hornhaut zu, unter die nichts mehr runter geht. Andere wiederum glauben, ohnehin schon alles zu wissen; wozu sollen sie da noch neugierig sein? – Nein, Yasar! Das ist eine Kunst: Trotz aller Erfahrungen und Enttäuschungen neugierig bleiben, Spaß haben. Glaub mir, diese Kunst beherrschen die wenigsten.«
»Ich werde immer neugierig sein«, sagt der Junge nach einigem Nachdenken. »Ich kann mir gar nicht vorstellen, daß ich eines Tages nichts Neues mehr ausprobieren möchte.«
»Bewahr dir das«, brummt der Mann schon halb im Schlaf. »Wer keine Lust auf Neues mehr hat, ist tot.«
Der Junge denkt weiter nach, als der Mann schon fast eingeschlafen ist, fragt er: »Wir machen deinen Traum doch ein bißchen wahr, nicht?«
»Meinen Traum?«
»Du hast gesagt, es gibt Träume, die macht man nie wahr, aber ein bißchen machen wir deinen Traum doch wahr. Wir ziehen ja durchs Land . . . und Spaß haben wir auch.«
»Wir sind Zugvögel«, entgegnet der Mann, nun wieder völlig wach. »Wir fahren nicht aus Spaß durch die Gegend, wir suchen Wärme, wir fliehen aus der Kälte in die Wärme. Wir leben in einer kalten Gesellschaft, du genauso wie ich.«

Der Junge legt sich zurück, fragt nichts mehr. Auch der Mann sagt nichts mehr, nach einiger Zeit dreht er sich auf die andere Seite und wünscht dem Jungen eine gute Nacht.
Der Junge erwidert den Gruß, schläft aber noch nicht. Also ist Wärme Verständnis, bedeutet Wärme Unvoreingenommenheit, Interesse am anderen. Die Liebe der Eltern ist nur eine kalte Liebe, wenn sie sich nicht bemühen, ihn zu verstehen; wenn sie glauben, daß das, was ihnen nützt, automatisch auch ihm nützt; wenn sie nicht mit sich reden lassen.

## 11

Die *Dicke Deern* ist nicht der einzige Krabbenkutter, der zu so früher Stunde ausläuft, fast auf jedem der Kutter ist Leben an Bord; wer mit der Morgenflut nicht ausläuft, muß im Hafen bleiben. Beim Vorbeituckern an den anderen Kuttern werden Namen gerufen, Scherze gemacht; alles mit einer gewissen Schärfe in der Stimme, aber doch von Verbundenheit zeugend.
Jan Pip, wie Schorsch den älteren Fischer nennt, mit dem er zusammenarbeitet und der ständig eine Pfeife im

Mund hat, egal, ob frisch angesteckt oder längst erloschen, ist schon mit Schorschs Vater hinausgefahren, er verrichtet jeden Handgriff mit selbstverständlicher Gelassenheit; man merkt ihm an, daß er alles schon ein paar tausend Mal getan hat.
Schorsch flachst oft mit dem alten Fischer und blinzelt nach jedem Scherz dem Mann oder dem Jungen zu, als wären sie seine Verbündeten. Jan Pip erwidert darauf nichts, er verzieht nur jedesmal das Gesicht, als wolle er ausspucken. Ein einziges Mal brubbelt er etwas vor sich hin, was sich wie »Jung und Übermut verträgt sich gut« anhört und ebenfalls eine Flachserei ist, denn Schorsch ist nicht mehr jung, ist zwischen vierzig und fünfzig, lacht nur gerne und viel.
Der Mann und der Junge wollen mit Hand anlegen, aber Schorsch und Jan Pip sind so aufeinander eingespielt, daß jeder dritte, der etwas tun will, nur stört. Der Mann gibt es bald auf, setzt sich in einer Ecke, in der er nicht stört, auf eine leere Krabbenkiste und schaut zu, wie die beiden Fischer arbeiten. Der Junge aber läßt nicht locker, und weil er mit seiner Hartnäckigkeit und den Vorkenntnissen, die er sich während seiner Ferien in dem türkischen Fischerdorf erwarb, bald Jan Pips Sympathie errungen hat, kümmert sich der alte Fischer um ihn, gibt ihm bald dieses, bald jenes zu tun.
Es ist ein grauer Tag, die See ist bewegt, der Kutter schlingert. Der Mann würde gerne eine Zigarette rau-

chen, aber er verzichtet lieber darauf; er ist nicht gerade seekrank, aber besonders wohl ist ihm auch nicht. Jan Pip bringt ihm Tee mit Rum und deutet auf den Jungen, der – eine alte Strickmütze von Schorsch auf dem Kopf, den Kragen der gelben Regenjacke hochgeschlagen – breitbeinig dasteht und Schorsch dabei hilft, den Anker auszuwerfen. »Ein Prachtkerl, der Lütte! So was gibt's ja heute kaum noch: Hat Spaß an der Arbeit!«
»Vielleicht liegt das auch an der Arbeit, daß heute so wenige Spaß an ihr haben.« Der Mann pustet in den heißen Tee, bevor er trinkt.
»Das mag sein«, erwidert Jan Pip, »aber für ihre Arbeit sind die Menschen verantwortlich, niemand sonst.« Er guckt listig: »Schon mal gehört, daß ein Eichkater keine Lust mehr hatte, Nüsse zu sammeln?«
»Nein. Der Eichkater muß seine Nüsse aber auch nicht vom Fließband lesen.«
«Sag ich ja!« trumpft Jan Pip auf. »Für unsere Arbeit sind wir selber zuständig, sonst keiner. Hat uns etwa irgendein Gott die Fließbänder aufgestellt? Hat Neptun die Fische gefressen, die es nicht mehr gibt?«
»Alles klar! Da sind wir einer Meinung.« Der Mann nickt.
Jan Pip zögert, dann fragt er: »Sag mal, dieser Junge, das ist doch nicht dein Sohn, oder?«
»Yasar ist Türke. Ich hab ihn an einem See kennengelernt, wir haben uns angefreundet und machen gemeinsam Ferien.«

»So? Türke? Naja, alles was recht ist, anpacken kann er ja. Und Deutsch spricht er auch.« Jan Pip rechnete damit, daß der Junge kein Deutscher ist, aber daß er ausgerechnet Türke ist, überrascht ihn doch.
»Warum soll ein Türke nicht anpacken können?«
Jan Pip richtet seine hellen Augen zum Himmel empor, als wolle er das Wetter prüfen. »Sag ich ja, anpacken kann er«, wiederholt er, ohne auf die Frage einzugehen. »Ist ein Prachtkerl, trotz allem.«
Der Mann schweigt und trinkt von seinem Tee. Jan Pip kehrt zu Schorsch und dem Jungen zurück und hilft Schorsch dabei, die steuer- und backbord befestigten Fangnetze auf den Grund ihres Ankerplatzes herabzulassen. Er beobachtet den Jungen nun noch aufmerksamer als zuvor. Als er es nicht mehr aushält, fragt er: »Sag mal, ißt du eigentlich gerne Honig?«
»Ich?« Der Junge ist verdutzt. »Nein. Wieso?«
»Ißt keinen Honig, stinkt nicht nach Knoblauch – und sowas will ein Türke sein!« Jan Pip lacht. Es klingt, als ob eine Ziege meckert. Schorsch fällt in das Lachen ein, und auch der Junge lacht vorsichtig mit.

Nachdem die Fangnetze das erste Mal ausgeworfen sind, können sie nichts anderes tun, als warten. Schorsch bastelt im Motorraum an seinem »Kraftwerk« herum, Jan Pip raucht eine Pfeife nach der anderen und wird nicht müde, dem Jungen Fragen zu stellen: Wie

denn die Fischer in der Türkei so lebten? Ob es stimme, daß es in der Türkei noch Harems gäbe? Wieso er keinen Honig mag, wo der türkische Honig doch weltberühmt ist?
Der Mann mischt sich in das Gespräch nicht ein, er schmunzelt nur ab und zu über Jan Pips Fragen, beobachtet die Ebbe, die mehrere Sandbänke freilegt, und die neueinsetzende Flut. Er genießt es, hier draußen zu sein und nichts tun zu können, außer warten und schauen.
Als sie das erste Mal die Netze einholen, können Schorsch und Jan Pip ihre Enttäuschung nicht verbergen, nur wenige der graugrünen und fast durchsichtigen Krabben rieseln in die Wanne der *Dicken Deern*, als Jan Pip die Knoten der Netzsäcke löst.
»Die reichen gerade für eine Zwischenmahlzeit«, scherzt Schorsch, obwohl ihm nicht danach zumute ist.
Jan Pip heizt den Krabbenkessel an und schüttelt die Krabben durch ein Sieb. Die allzu kleinen Krabben wirft er in die See zurück, die größeren in das heiße Wasser des Krabbenkessels. Als die gekochten Krabben gar sind, reicht er dem Jungen eine Handvoll davon. Der Mann winkt ab, es geht ihm zwar längst wieder besser, aber er zieht es vor, zu Schorsch in den Motorraum runterzusteigen, um ein wenig mit ihm zu fachsimpeln.
»Wenn ich daran denke, was wir früher hier rausgeholt haben«, seufzt Jan Pip, als der Junge und er das zweite

Mal die Fangnetze auf Grund senken. »Das Zehnfache! Und das ist nicht gelogen. – Ich möchte nur wissen, wo die verdammten Biester alle hin sind.«
Die zweite Ausbeute ist ergiebiger, aber längst nicht so, daß Schorsch oder Jan Pip zufrieden sind, sie sind nur nicht mehr ganz so unzufrieden wie nach dem ersten Zug. Erst als sie mit der zweiten Flut, nach zwölf Stunden auf See, den Hafen anlaufen, hellen sich ihre Mienen langsam wieder auf; andere Kutterbesatzungen haben bessere Fangergebnisse vorzuweisen, das tröstet, das beweist, daß sie nur Pech hatten.
Nach dem Anlegen entladen die drei Männer und der Junge die Krabbenkisten und lassen sie wiegen. Als alles erledigt ist, setzt Schorsch sich auf eine der übriggebliebenen leeren Kisten und steckt sich eine Zigarette an.
»Es wird immer schwieriger«, sagt er. »Trotzdem: Solange es irgendwie geht, gebe ich nicht auf. In die Fabrik bringen mich keine zehn Pferde.«
»Warum denn nicht?« will der Junge wissen. »Ich meine, wenn die Fabrik nicht zu weit weg ist . . .?«
»Ich brauch meine Freiheit.« Schorsch deutet mit dem Daumen nach hinten, auf die See hinaus. »Und wenn die Arbeit noch so hart ist, und wenn sie noch so wenig einbringt: Es ist schließlich nicht wichtig, ob man viel verdient oder wenig; wichtig ist nur, daß das, was man tut, Spaß macht.«
»Aber leben muß man davon können«, meint der

Mann. »Nur aus Spaß an der Freude zu arbeiten, ist auf die Dauer wohl auch nicht das richtige.«
»Genau.« Jan Pip blickt Schorsch mit gespielter Empörung an. »Solange Fietje das Bier nicht umsonst ausschenkt, mußt du mir für meine Arbeit schon was zahlen.«
Der Mann steht auf und verabschiedet sich. »Wir sehen uns heute abend.«
Die beiden Fischer nicken dem Mann und dem Jungen zu. Ihre Arbeit ist noch nicht getan, sie müssen den Kutter noch für den nächsten Tag klarmachen.
Vor *Fietjes Krog* steht ein Polizeiwagen. Der Junge sieht ihn zuerst, wird langsamer, bleibt stehen.
»Verflucht!« Auch der Mann bleibt stehen.
«Vielleicht hat das gar nichts mit uns zu tun«, hofft der Junge.
»Und wie willst du das erfahren?«
Der Junge antwortet nicht. Er möchte nicht schon wieder fort.
Der Mann zögert, er kämpft mit sich, aber dann gibt er auf. »Komm! Fahren wir weiter.«
Der Junge folgt ihm nur widerstrebend. »Aber wenn das nun wirklich nichts mit uns zu tun hat?«
»Bis wir das wissen, kann es zu spät sein. Oder denkst du, ich habe Lust, nochmal von denen in die Mangel genommen zu werden?« Die Stimme des Mannes klingt müde.

Still setzt sich der Junge auf den Beifahrersitz. Der Tag hatte so schön begonnen; auch der Abend versprach, wieder interessant zu werden . . .
Der Mann startet, kurvt um ein parkendes Auto herum, gibt Gas.
Der Junge muß daran denken, daß der Mann, bevor sie an Bord der *Dicken Deern* gingen, alles Zeug im Wagen verstaute, als ob er mit einer solch überstürzten Weiterfahrt rechnete. Dabei hatte er doch vor, ein paar Tage hierzubleiben, weil es ihm bei Fietje so gut gefiel. Er hatte deswegen auch noch nicht das Zimmer bezahlt.
»Wir haben noch gar nicht bezahlt.«
»Denkst du, das weiß ich nicht?« schreit der Mann. »Willst du mir auf den Wecker fallen?«
Der Junge sagt nichts mehr. Der Mann tut das alles nur seinetwegen, er wäre doch auch gerne hiergeblieben; wie kommt er dazu, ihm Vorwürfe zu machen?

## 12

Sie stehen wieder einmal auf einem Parkplatz. Der Mann hat seine Tür geöffnet, ist aber nicht ausgestiegen. Er sitzt da, raucht, schweigt. Der Junge hat seinen Sitz zurückgestellt, den Kopf zurückgelegt und die Augen geschlossen. Die ganze Fahrt über haben sie kein Wort miteinander gesprochen, sie reden auch jetzt nicht miteinander. Erst als es schon dunkelt, erwacht der Mann aus seiner Grübelei. »Morgen nehmen wir den Unterricht wieder auf«, sagt er heiser. »Davon hast du wenigstens was.«

»Welchen Unterricht?«

»Na, den Fahrunterricht. Willst du nun ein alter Rallye-Hase werden oder nicht?«

Der Junge lächelt, der Mann streckt den Arm aus, streichelt seine Schulter. »Nimm mir meine Unbeherrschtheit nicht übel. Ich habe mich so darauf gefreut, ein paar Tage lang ›Fischer‹ sein zu dürfen.«

»Es ist ja meine Schuld«, erwidert der Junge. »Du nimmst das ja alles meinetwegen auf dich.«

»Na, nicht nur«, widerspricht der Mann.

»Wollen wir nicht irgendwo das Zelt aufbauen?« fragt der Junge.

»Müssen wir ja wohl. Obwohl ... Lust dazu habe ich keine.«

»Ich kann's ja alleine aufbauen. Ich hab Lust.«

»Und wo?«

»Irgendwo im Wald.«

»Wild zelten ist verboten.«

Warum sagt der Mann das, sie haben doch schon so oft wild gezeltet?

Der Mann startet den Wagen, schaltet die Scheinwerfer an und schaut in den Seitenspiegel, bevor er den Parkplatz verläßt. Es ist nun schon sehr dunkel.
Sie fahren nicht mehr weit, in den ersten Waldweg, den die Scheinwerfer erfassen, biegt der Mann ein, fährt ein Stück in den Wald hinein und stellt den Motor ab. »Ich hab nur Spaß gemacht«, sagt er. »Selbstverständlich bauen wir gemeinsam das Zelt auf. Wir sind doch nun schon ein eingefuchstes Team.«
Es dauert nicht lange und das Zelt steht, der Mann kann den Scheinwerfer abstellen, den Wagen abschließen und sich neben den Jungen ins Zelt legen. Als sie dann nebeneinanderliegen und eine Zeitlang geschwiegen haben, sagt er: »Morgen früh fahren wir weiter. Länger als eine Nacht an einem Ort, das halte ich nicht mehr aus.«
Der Junge entgegnet nichts. Die Stimme des Mannes klang nicht so, als wollte er sich mit ihm über seinen Entschluß unterhalten. Und es gibt ja auch keinen Grund, länger als eine Nacht an einem Ort zu verweilen. Das haben sie ja gerade wieder erlebt: Wo es ihnen gefällt, können sie nicht bleiben.

»Starten, kuppeln, Gang rein, Gas.«
Sie üben wieder. Der Junge fährt im Kreis über unebenes Gelände, der Wagen holpert ab und zu, aber die einzelnen Handgriffe erledigt er nun schon, bevor der

Mann das Kommando dazu gibt. Er entscheidet auch selbst, ob er linksherum fährt oder rechtsherum. Fährt er geradeaus gibt er mehr Gas, der Wagen wird schneller, das nötige Sicherheitsgefühl hat er längst.
Der Mann lobt den Jungen, aber er sagt auch: »Denke ja nicht, daß du nun fahren kannst. Im Stadtverkehr wärst du hilflos. Wir müssen jetzt ein bißchen Theorie pauken.«
Sie tun das jedesmal, wenn sie ihr Lager abbrechen und einem neuen Ziel entgegenfahren. Der Mann läßt sich die Verkehrszeichen nennen, an denen sie vorüberkommen, fragt, welche Bedeutung sie haben und was er tun muß. Gibt der Junge eine falsche oder unvollständige Antwort, korrigiert er ihn.
Der Junge lernt schnell, und er behält, was er gelernt hat. Abends, wenn sie ihr Zelt aufgeschlagen haben, zeichnet er die Verkehrszeichen aus der Erinnerung auf und wiederholt, was der Mann ihm an diesem Tag beigebracht hat.
Der Mann geht nun öfter telefonieren, fast jeden Tag hält er einmal vor einer Telefonzelle an. Fragt der Junge ihn, ob es was Neues gibt, schüttelt er jedesmal nur stumm den Kopf. Der Junge spürt deutlich, daß dem Mann die Lust an ihrer Tour vergangen ist, von Tag zu Tag wird er unruhiger, und nach jedem Telefonat stiller. Auch der Junge meldet sich wieder bei seiner Mutter. Auf ihre wiederholte Frage, wo er sich denn herumtrei-

be, antwortet er nur: »Irgendwo im Norden. Es geht mir gut.«
Der Vater will nicht mit ihm sprechen, den Vater hat er mit seiner Flucht und seinem »Starrsinn« zutiefst verletzt. Der Vater kann nicht verstehen, daß ein Sohn sich gegen seinen Vater auflehnt. Er hätte das, als er so alt war, nie gewagt. Er gibt der Erziehung durch die Deutschen die Schuld; die deutsche Schule habe ihm den Sohn genommen, hat er zur Mutter gesagt. Aber er sei ja selbst schuld, er habe gegen alle Traditionen verstoßen, als er ihn nicht auf die Koranschule schickte. Das sei nun seine Strafe.
Der Mann fragt nicht mehr nach den Eltern, will nicht mehr wissen, was sie gesagt haben.

»Na los! Fahr schon.«
Zum ersten Mal läßt der Mann den Jungen hinter das Lenkrad, läßt ihn ein Stück ihres Weges fahren. Es geht an Weiden und Deichanlagen entlang, eine übersichtliche Strecke. Der Junge genießt die Fahrt, aber er fährt umsichtig und vorsichtig, wird nicht zu mutig.
Vor der nächsten Ortschaft wechseln die beiden die Plätze. Der Mann fährt durch den Ort hindurch und läßt dann wieder den Jungen ans Lenkrad. Sie wiederholen das Spiel einige Male, bis sich über der See bedrohlich dichte Wolken zusammenballen. In wenigen Minuten senkt sich Dunkelheit über das Land, Sturm kommt auf,

grelle Blitze entladen sich mit donnerndem Krachen. Der Mann löst den Jungen ab, schaltet das Licht ein und fährt nur langsam weiter; starke Windböen drängen den Wagen manchmal fast von der Fahrbahn.
Dann beginnt es zu regnen, übergangslos zerplatzen riesige Wasserblasen auf der Fahrbahn. Der Scheibenwischer schafft es nicht, für freie Sicht zu sorgen. Der Mann fährt an die rechte Straßenseite heran, stellt den Motor ab, schaltet die Warnblinkanlage ein und dreht sich eine Zigarette. »Jetzt brauchen wir doch ein neues Zelt«, sagt er. »Nach diesem Regen wird es hier nirgendwo ein trockenes Plätzchen geben.«
Der Junge widerspricht nicht. In einen Gasthof wollen sie nicht mehr.

Der Wind hat die Wolken weiter ins Binnenland hineingetrieben, der Himmel über der See ist klar und blau, die Luft feucht und kühl. Der Mann und der Junge fahren in den nächsten größeren Badeort und halten vor dem ersten Sportgeschäft. Das neue Zelt im Kofferraum fahren sie die Strandpromenade entlang. Der Strand ist leer, die Strandkörbe liegen um- und übereinander, der Wind hat sie durcheinandergewirbelt. Zwei Männer in weißen Hosen und blauen Troyern richten sie wieder auf, bringen Ordnung an den Strand.
Der Campingplatz, den der Inhaber des Sportgeschäftes dem Mann empfohlen hat, liegt ziemlich weit außerhalb

des Badeortes. Er ist tatsächlich sehr weiträumig, die Zelte und Wohnwagen bedrängen sich nicht gegenseitig.

Während der Mann den Jungen und sich im Verwaltungsbüro anmeldet, baut der Junge das neue Zelt auf. Es ist kein sehr teures oder großes Zelt, aber es bietet ausreichend Platz für zwei ausgewachsene Männer. Und es ist wetterfest.

Als der Mann von der Anmeldung zurückkommt, steht das Zelt. Der Junge bemerkt sofort, daß der Mann Schnaps getrunken hat. Er war also nicht nur im Verwaltungsbüro. Doch daran hat der Junge sich nun schon gewöhnt; seit jenem Abend in *Fietjes Krog*, der dem Mann so viel Spaß gemacht hatte, trinkt er öfter ein paar Schnäpse, aber nie soviel, daß er davon betrunken wird.

Der Mann begutachtet das neue Zelt und ist zufrieden damit. »Dann können wir das alte ja wegwerfen«, meint er.

»Wieso denn? Man kann es doch noch benutzen.«

»Denkst du, ich wechsle je nach Wetterlage das Zelt? Aber bitte: Wenn du es haben willst, gehört es dir.«

Die Stimme des Mannes klang gereizt, der Junge antwortet nicht.

»Willst du die alte Krücke nun oder nicht?«

»Ich will sie.« Der Junge hat fast ebenso gereizt geantwortet. Er erschrickt darüber.

Auch der Mann wird unsicher. »Wir werden uns doch nicht streiten«, sagt er.
Der Junge schüttelt stumm den Kopf.
»Heute abend kochen wir nicht selber.« Der Mann weist auf die Verwaltungsbaracke. »Da gibt es Schinkenbrote und Currywürste, alles zu annehmbaren Preisen. Und eine freundliche Bedienung gibt es auch. Es wird Zeit, daß wir wieder mal an einem richtigen Tisch sitzen.« Er wirft dem Jungen noch einen prüfenden Blick zu, dann verschwindet er im Zelt.
Der Junge geht an den Strand, setzt sich, läßt Sand durch die Hände rieseln.

## 13

Die Barackenkneipe ist nur karg möbliert. An der Stirnseite befindet sich eine Theke, vor jedem Fenster steht ein langer Tisch mit je sechs Stühlen, über der Theke sind Lautsprecher angebracht.
Der Mann wählt einen Tisch, von dem aus er die Theke im Auge hat. Er hat der blonden Serviererin schon beim Eintreten zugenickt, als sie an den Tisch kommt, um die Bestellung aufzunehmen, nickt er ihr noch einmal zu.

»Immer noch nicht Feierabend?«
»Nein.« Die Serviererin lächelt. »Was darf's denn sein?«
»Je zwei Currywürste«, bestellt der Mann. »Ein Bier, einen Klaren, eine Cola. – Trinkst du einen mit?«
»Ist noch zu früh.« Die Serviererin hat alles notiert, lächelt noch einmal und geht an die Theke, hinter der eine zweite Frau die Zapfanlage bedient.
»Na? Ist die nicht freundlich?«
Der Junge weiß nicht, ob ihm die Frau gefällt. Ihr sonnengebräuntes Gesicht hat etwas Herbes, fast Sprödes, ihre hellen Augen blicken prüfend, auch wenn sie lächelt. Dieses Lächeln aber vermittelt den Eindruck, daß diese Frau nichts überraschen kann, daß sie genau weiß, weshalb der Mann, nachdem er sich am Nachmittag schon mit ihr unterhalten hat, wiedergekommen ist.
Am Nebentisch sitzen einige Jungen und Mädchen. Auch ihnen sieht man den längeren Seeaufenthalt an ihren gebräunten Gesichtern an. Ein Junge geht zur Theke und spricht mit der Frau dahinter. Kurz darauf erfüllt Musik den Raum, laute englische und amerikanische Popmusik. Die Jungen und Mädchen vom Nachbartisch beginnen, auf der freien Fläche zwischen den Tischen miteinander zu tanzen. Ein Mädchen bleibt übrig, sie weiß nicht, wo sie hinblicken soll.
»Tanz doch mit ihr«, flüstert der Mann dem Jungen zu, »die ist doch ganz hübsch.«
»Ich kann nicht tanzen.«

»Dann lernst du es eben. Was ist schon dabei, ein bißchen die Beine bewegen, mit dem Hintern wackeln und den Armen schlenkern.«
»Ich will nicht tanzen.«
Die Antwort kam etwas zu heftig, der Mann reagiert nicht gleich, reibt sich erstmal nur die Stirn, schaut dann den Jungen abschätzend an und fragt: »Was willst du überhaupt? Ich habe immer mehr das Gefühl, du weißt nur, was du nicht willst; von dem, was du wirklich willst, hast du keine Ahnung.«
Der Junge blickt aus dem Fenster. Kinder laufen über den Strand, schreien und schwenken ihre Schaufeln. Der Mann will Fehler an ihm finden – und er findet sie. Die Serviererin bringt die Getränke.
»Tanzt du, Biene?«
Die Serviererin lacht, schüttelt den Kopf. »Nicht im Dienst.«
»Und nach dem Dienst?«
»Wenn du solange wartest . . .«
»Werner wartet«, sagt der Mann. »Werner hat warten gelernt.«

Der Junge geht über den Strand. Es ist bereits dunkel, in den Strandkörben tuscheln Liebespärchen, vereinzelte Lacher dringen an sein Ohr. Er hat es neben dem Mann nicht länger ausgehalten. Nicht, daß der Mann soviel trank und immer heftiger mit dieser Biene flirtete, hat

ihn gestört, daß sie nicht miteinander reden konnten, ohne sich sofort zu streiten, störte ihn. Deshalb ist er aufgestanden, hat gesagt, er brauche frische Luft und ist rausgegangen.
Aus dem Seerestaurant an der Strandpromenade kommt Musik, eine Kapelle spielt einen Walzer.
Vielleicht sollte er den Mann nun verlassen, allein weiterziehen . . .
Hinter ihm werden Stimmen laut, Jungenrufe, Mädchenlachen. Das sind bestimmt die vom Nebentisch, die jetzt ihre Zelte aufsuchen.
Er hat noch nie mit einem Mädchen getanzt. Welches Mädchen aus seiner Klasse hätte wohl schon mit ihm tanzen wollen? Daß der Mann daran nicht gedacht hat?

Der Junge erwacht. Der Platz neben ihm ist leer. Der Mann ist die ganze Nacht über fortgeblieben.
Vor dem Zelt ist es hell, aber noch still. Der Junge geht mit hochgekrempelten Hosen ans Wasser, läßt sich die nackten Füße von den Wellen umspülen, macht sich frisch. Dann geht er zurück und setzt sich vors Zelt. Er hat keine Lust zu frühstücken. Er schaut auf das in der klaren Morgensonne glitzernde Meer hinaus, hängt seinen Gedanken nach, bis er irgendwo in der Ferne einen Motor hört. Wie automatisch schlägt er den Zelteingang zurück und tastet das Lager des Mannes ab.

Die Wagenschlüssel. Der Mann hat sie wie immer unter dem Kopfende liegen. Der Junge nimmt die Schlüssel, greift sich Strümpfe und Schuhe und sein Hemd. Er zieht das Hemd über, verschließt den Zelteingang und stapft, Schuhe und Strümpfe in der Hand, durch den morgenfeuchten Sand.

Er fährt durch den Morgen, fährt über Dörfer, in denen bereits gearbeitet wird, fährt durch Ortschaften, die gerade erst aus dem Schlaf erwachen. Er will nicht weit fahren, will nur eine Biege drehen, wird wieder zurück sein, ehe der Mann etwas bemerkt.

Es macht Spaß, so durch den frischen Tag zu fahren, ohne großen Gegenverkehr. Wer will ihm ansehen, ob er bereits achtzehn ist oder erst sechzehn wird? Er kennt Achtzehnjährige, die sehen wie Dreizehnjährige aus.

Der Junge stellt das Autoradio an. Eine muntere Melodie begleitet seine Fahrt.

Er will dem Mann keins auswischen, er fährt nicht, weil er ihn allein gelassen hat. Er ist nicht eifersüchtig auf diese Biene.

Oder doch?

Als der Vater in den Ferien vor zwei Jahren Kamil, dem Sohn seiner Schwester, eine Zeitlang mehr Aufmerksamkeit schenkte als ihm, war er eifersüchtig. Er hatte sich gesagt, daß Kamil ja keinen Vater mehr hatte und der Vater sich deshalb so sehr um ihn kümmerte, es half nichts, eine Zeitlang haßte er Kamil. Es gibt diese Art von Eifersucht.

Aber das würde ja bedeuten, daß er diesen deutschen Mann liebt, wie er den Vater liebt! Oder besser: wie einen Freund, einen sehr guten Freund . . .

Gänse auf der Fahrbahn. Beinahe hätte er sie zu spät bemerkt. Der Junge bremst so plötzlich, daß die Reifen quietschen und der Wagen sich querstellt.

Ein Fenster wird geöffnet, ein alter Mann schimpft auf die Straße hinaus. Der Junge wendet den Wagen, fährt den Weg, den er gekommen ist, zurück. Der Schreck sitzt ihm in den Gliedern, er spürt sein Herz schlagen. Wenn das schiefgegangen wäre . . . Er muß zurück, muß den Wagen so hinstellen, daß der Mann nichts merkt.

Im Radio gibt es Nachrichten.

Der Junge stellt das Radio ab. Die Nachrichten machen ihn nur noch nervöser.

Die Straße führt wieder durch den Wald. Der Junge wird ruhiger. Es ist, als ob der Schatten der Bäume alles mildert. Es ist ja nichts passiert. Er ist ja noch rechtzeitig zur Vernunft gekommen. Er wird mit dem Mann sprechen, wird sagen . . . Ein Polizeiauto! Mitten auf der Straße. Ein Polizist hebt eine Kelle . . . Dem Jungen schießen die Tränen in die Augen. Pech, nur Pech hat er! Er beißt sich auf die Lippen, kurbelt am Lenkrad, wendet, gibt Gas, noch mehr Gas.

Ein Schuß, ein Knall. Der Wagen schleudert, er bekommt ihn nicht wieder in seine Gewalt. Ein Baum rast auf ihn zu. Er reißt die Arme vor das Gesicht, schreit, hört seinen Schrei, der in ihm widerhallt . . . Ein Krachen, Knirschen, alles dreht sich . . .

# 14

Eine Stimme. Ein Gesicht.
Die Stimme fragt etwas, aber sie ist zu leise, wie von weit her. Er will das Gesicht nicht sehen, will abwehren, doch das Gesicht kommt näher.
»Dein Name! Hörst du? Dein Name!«
Endlich versteht er, was die Stimme fragt. Er bewegt den Mund, will antworten, aber er hört sich nicht.
Das Gesicht kommt näher. »Sag's noch mal.«
Das Gesicht über ihm gehört einem Mann, aber es ist nicht *der* Mann.
»Deinen Namen! Sag ihn noch mal.«
»Ya . . . sar.«
»Yasar heißt du? Und wie weiter?« Das Gesicht über ihm lächelt. Es ist ein bebrilltes Gesicht, ein freundliches Gesicht.

»Cuoglu.«
»Cu . . .?«
»Cu-og-lu.«
»Yasar Cuoglu. Und wo wohnst du?«
Wo er wohnt?
»In welcher Straße wohnst du?«
»Kellergasse.«
»Und die Nummer?«
»Vier.«
»Na prima! Und die Stadt?«
Der Junge nennt auch die Stadt, in der er aufgewachsen ist. Alles kommt ganz automatisch.
Für einen Augenblick ist das Gesicht verschwunden, dann ist es wieder da. »Weiter«, fordert es. »Was ist geschehen? Was ist mit dir passiert?«
Mit ihm passiert?
»Du liegst im Krankenhaus. Du kannst dich nicht bewegen. Du hast Rippenbrüche, Quetschungen, eine böse Gehirnerschütterung. Erinnere dich: Was ist geschehen?«
Die Polizisten! Sie winken mit der Kelle . . . Der Schuß! Der Baum . . .
»Nicht bewegen! Erinnerst du dich an den Unfall?«
»Ja.«
»Dann ist alles gut. Ruh dich jetzt aus.«
Wieder verschwindet das Gesicht, der Junge hört Getuschel, eine Männerstimme, eine Frauenstimme. Er

gibt sich Mühe, will verstehen, was sie sagen, seine Sinne verwirren sich, er schläft wieder ein.

Das Zimmer ist klein und schmal. Das Bett und der Schrank und auch der kleine Stuhl neben dem Fenster sind weiß. Ein heller Vorhang vor dem Fenster schützt das Zimmer vor der grellen Sonne.

Der Junge ist nun schon ein paar Stunden wach, er weiß, daß er in viele feste Verbände gewickelt ist, daß er sich deshalb nicht bewegen kann, und daß die Schmerzen beim Atmen und der allgemeine Druckschmerz auch beim Ruhigliegen von den gebrochenen Rippen herrühren – und er weiß, daß er sehr viel Glück gehabt hat: Die Schwester hat es ihm gesagt.

Was mit dem Wagen ist, wußte die Schwester nicht. Seine Frage hatte sie sogar geärgert. »Der blöde Wagen!« sagte sie. »Sei froh, daß du noch lebst. Wenn du nicht angeschnallt gewesen wärest, wärst du nicht so glimpflich davongekommen.«

Er ist aber nicht froh. Es wäre ihm fast lieber, er hätte kein Glück gehabt. Wenn er kein Glück gehabt hätte, brauchte er sich jetzt nicht zu schämen.

Der Doktor kommt. Er bringt auch die Schwester wieder mit, setzt sich aufs Bett und mißt dem Jungen den Puls. Die Temperatur hat die Schwester vorhin schon gemessen. Er ist mit dem Puls zufrieden und sagt: »Schön, daß es dir wieder besser geht. Das wird deine Eltern freuen.«

Die Eltern?
»Du hast uns vorhin deinen Namen und deine Adresse genannt«, beantwortet der Doktor die unausgesprochene Frage. »Natürlich habe ich danach sofort deine Eltern angerufen. Sie werden heute noch kommen. Sie machen sich große Sorgen.«
Die Eltern werden kommen.
Sie werden ihm keine Vorwürfe machen, nicht jetzt, nicht in seinem Zustand, aber später, wenn es ihm wieder besser geht. Jetzt wird er die Vorwürfe nur von ihren Gesichtern ablesen können: Vaters zusammengezogene Augenbrauen, Mutters hilfloses Weinen.
»Der Wagen! Was ist mit dem Wagen?« Der Junge will sich aufrichten, der Doktor drückt ihn sanft ins Kissen zurück. »Du mußt liegenbleiben. Du darfst dich nicht bewegen. Bewegst du dich, kann es zu Blutungen im Brustraum kommen, die Bruchstellen sind sehr scharf. Das würde alles komplizieren.«
»Ist er ganz kaputt?«
»Der Unfallwagen? Keine Ahnung. Ich nehme an, die Polizei hat den Wagen dem Besitzer übergeben.« Der Doktor steht auf, vergräbt die Hände in den Taschen seines Kittels. »Aber wenn ich daran denke, wie du aussiehst, kann der Wagen auch nicht besonders gut aussehen.«
»Der Wagen! Der Wagen!« Die Schwester wird wieder böse. »Der Wagen ist nur Blech und Lack, du aber bist

ein Mensch. Autos kann man ersetzen, nicht aber dich, hörst du!«

Der Doktor legt dem Jungen die Hand auf den Arm. »Schlaf ein bißchen. Schlafen ist jetzt das Wichtigste für dich. Alles andere kommt schon wieder in Ordnung. Jeder baut irgendwann mal Mist; warum sollst ausgerechnet du immer alles richtig machen?« Er nickt ihm noch einmal aufmunternd zu und verläßt mit der Schwester das Zimmer.

Der Junge dreht den Kopf zum Fenster. Hinter dem Vorhang scheint immer noch die Sonne, es muß ein richtig toller Sonnentag sein.

Der Doktor und die Schwester wissen nicht, daß er nicht den Wagen irgendeines Fremden zu Schrott gefahren hat, sondern den eines Freundes. Sie wissen nichts von dem, was vorher war. Für sie ist er einfach ein Junge, der einen Wagen geklaut hat, dabei verunglückt und erwischt worden ist.

Ob der Mann schon alles weiß? Ob er ihn verflucht hat? Er wird ihn sicher verflucht haben, sein Auto war ja sein ein und alles.

Ja, sie waren Freunde, richtige Freunde! Nie zuvor hatte er einen solchen Freund gehabt, nicht mal Dusan war so ein Freund gewesen. Nun werden sie keine Freunde mehr sein können.

Dem Jungen laufen die Tränen über das Gesicht. Weine ruhig, hatte die Mutter immer gesagt, wenn er als Kind

geheult hatte, weinen macht alles leichter. Aber ihm wird nicht leichter. Er hat dem Mann etwas angetan, was er nicht wiedergutmachen kann, hat sich für all seine Freundschaft und Hilfe auf grausame Art bedankt. Und nur, weil sie miteinander gestritten und er ihn allein gelassen hat.
Ob sie sich je wiedersehen werden? Sicher nicht. Und wenn doch, dann nur, weil es um die Reparaturkosten geht.

# 15

Auf dem Flur sind Schritte zu hören, schwere Schritte, für einen Krankenhausflur ungewöhnliche Schritte. Stimmen werden laut, sein Name fällt. Dem Jungen wird es heiß: Die Eltern, das müssen die Eltern sein! Soll er sich schlafend stellen, soll er . . .
Es sind nicht die Eltern, es sind zwei fremde Männer, der Doktor und – der Mann.
Der Junge ist überrascht. Daß der Mann ihn besuchen kommt, ist – so sehr es ihn beschämt und freut – seltsam genug, was aber haben die beiden fremden Männer zu bedeuten? Und warum ist der Mann so anders, so . . . in

sich ergeben? – Ja, er sieht aus wie einer, der sich seinem Schicksal ergeben hat.
Der Mann blickt sich um. Er hält ein ziemlich großes und schweres Paket in der Hand und weiß nicht, wo er es abstellen soll. Er ist so unsicher; wer nicht weiß, was vorgefallen ist, könnte meinen, er trüge die Schuld daran, daß der Junge im Krankenhaus liegt.
Der Doktor und die beiden Fremden bleiben im Hintergrund. Der Mann stellt endlich das Paket neben dem Bett ab und stützt sich auf das Fußgestell des Bettrahmens. »Da bist du ja«, sagt er.
Der Junge ist erlöst: Der Mann zürnt ihm nicht. »Der Wagen?« fragt er. »Ist es sehr schlimm?«
»Totalschaden. Eine Reparatur lohnt nicht mehr. Aber das ist nicht wichtig, wichtig ist nur, daß es dir bald wieder besser geht.« Der Mann deutet auf das Paket neben dem Bett. »Ich hab dir das Zelt mitgebracht, ich brauch es nicht mehr.«
Der Junge preßt die Lippen zusammen. Wenn er sie jetzt öffnet, muß er wieder heulen. Das will er nicht, schon gar nicht vor den beiden Fremden, die zwischen Schrank und Fenster herumstehen, als gehörten sie nicht dazu, die aber irgendwie mit dem Mann zu tun haben müssen.
Der Mann setzt sich aufs Bett, nimmt seine Hand, streichelt sie. »Wir waren Idioten, richtige Blödmänner waren wir! Und ich war der größte Idiot. Hätte ich dir so

vertraut, wie du mir . . . Ich hätte dir die Wahrheit sagen sollen, die ganze Wahrheit, aber dazu war ich zu feige.«

Die Wahrheit? Welche Wahrheit? Der Junge fragt nicht, er sieht den Mann nur unverwandt an.

»Ich heiße nicht Schuster, ich heiße Schuhmacher. Ich habe den Namen gewechselt, weil . . . na ja, weil ich nicht erwischt werden wollte.« Der Mann macht eine Pause. »Weißt du noch, wie ich gelacht habe, als du dich im *Goldenen Adler* unter dem Namen deines Freundes eingetragen hattest? Ich habe gelacht, weil ja auch mein Name nicht stimmte. Richtig heiße ich Schuhmacher, Günther Schuhmacher . . . Schuhmacher – Schuster, so weit liegt das ja nicht auseinander. Und Werner, so heißt mein Bruder . . . Du siehst, viel Phantasie habe ich nicht aufgebracht.«

»Aber . . . warum?« Es ist alles so unwirklich, der Junge will, was der Mann ihm da erzählt, nicht glauben.

»Das ist eine lange Geschichte. Aber wenn ich ehrlich bin: Ich bin eigentlich nur gekommen, um sie dir zu erzählen. Damit du mich verstehst . . . und damit du weißt, wie alles wirklich war . . . Ich habe dir ja gesagt, daß ich Stahlkocher bin. Das heißt, eigentlich bin ich die letzten Jahre keiner mehr gewesen, meine Firma hatte mich zuletzt als Lagerverwalter eingesetzt. Sie brauchten einfach nicht mehr so viele Kocher. Na ja, bis dann der Laden ganz dichtmachte. Das ist jetzt fast zwei Jahre her.« Der Mann schaut den Doktor an, der am

Fenster lehnt und zuhört. »Darf man hier rauchen?« Der Doktor schüttelt stumm den Kopf.
»Wie hältst du das denn aus, den ganzen Tag nicht rauchen?« Es soll ein Scherz sein, aber der Junge lacht nicht, und auch das Lächeln im Gesicht des Mannes verblaßt bald wieder. »Du hast mich mal nach meiner Frau und meinen Kindern gefragt«, erzählt er weiter. »Damals, in meiner Lagerverwalterzeit, haben wir uns scheiden lassen. Es war meine Schuld, ich war unleidlich, weil ich unzufrieden war. Als die Firma schloß, stand ich nicht nur auf der Straße, ich war auch ganz allein. Am Anfang ging's ja; alle ehemaligen Kollegen trafen sich in der Stammkneipe, wir gingen gemeinsam zum Arbeitsamt, fühlten uns stark. Dann bröckelten die ersten ab, entweder hatten sie irgendeinen Job gefunden, fühlten sich uns nicht mehr zugehörig, oder schämten sich, als Dauerarbeitslose Tag für Tag in der Kneipe zu hocken. Wir wurden immer weniger, und zum Schluß ging ich auch nicht mehr hin. Ich lag in dem Zimmer, das ich mir gemietet hatte, auf der Couch und starrte die Wände an. Die Besuche auf dem Arbeitsamt wurden immer sinnloser und auch immer demütigender. Eines Tages kam mir einer der Beamten dort dumm. Ich hatte eine Stelle als Transportarbeiter in einer Marmeladenfabrik abgelehnt. Er meinte, ich wolle gar nicht wirklich arbeiten, ich wäre einer, der auf Kosten anderer ein faules Leben führte. Da drehte ich

durch. Ich schrie den Beamten so an, daß das ganze Arbeitsamt mithören konnte. Dann lief ich durch die Straßen, bin rumgelaufen und rumgelaufen, bis ich plötzlich vor einem nagelneuen blauen BMW stand. Der Wagen war nicht verschlossen und auch der Schlüssel steckte im Schloß, der Besitzer war wohl nur mal kurz was besorgen. Mir war plötzlich alles egal, ich stieg ein und fuhr davon.« Die Stimme des Mannes war zum Schluß immer heiserer geworden, er räuspert sich. »Ich war immer ein Autonarr gewesen, weißt du. Durch die Scheidung und die lange Arbeitslosigkeit aber war ich so pleite, daß ich meinen Wagen verkaufen mußte. Schon ein Jahr war ich ohne Wagen, und dann dieser Schlitten, sozusagen fahrbereit. Irgendwas hat da bei mir ausgesetzt. Die Wut und der Frust, alles kam zusammen; Kurzschlußhandlung nennt man so was wohl.«
Der Junge kann den Mann nicht ansehen, und auch der Mann blickt den Jungen nicht an. »Ich bin mit dem Wagen nach Hause gefahren«, berichtet er weiter, »habe mein altes Zelt und alles, was ich sonst noch glaubte zu benötigen, eingepackt, habe alles Geld, was ich noch besaß, abgehoben und bin losgefahren, einfach so, auf gut Glück. Es war mir egal, ob ich mit dem Wagen erwischt wurde oder nicht; mir war alles egal. Bis ich dich traf . . . Es war ein riesengroßer Zufall. Erst tags zuvor hatte ich mir die Angel gekauft . . . Na ja, und wenn ich nicht geangelt hätte . . .«

Der Junge muß den Mann nun doch ansehen. »Daß wir uns getroffen haben, war mein Glück«, sagt er leise. »Ich weiß nicht, was ich sonst getan hätte. Nach Hause zurück wär ich an diesem Tag bestimmt nicht gegangen.«

»Ich bin froh, daß du das sagst; so hat das Ganze ja doch noch einen Sinn gehabt.« Der Mann gewinnt langsam seine Sicherheit zurück. »Irgendeinen Sinn wollte ich unserer Tour ja geben. Deshalb habe ich dir das Autofahren beigebracht. Aber das war wohl auch ein Fehler gewesen.« Der Mann verstummt und fährt dann fort: »Als die beiden Polizisten, die dich suchten, meine Papiere sehen wollten, dachte ich, jetzt ist alles aus. Ich konnte sie dann ja abhängen, aber meine Angst wuchs. Als dann aber auch vor *Fietjes Krog* Polizisten auftauchten, wußte ich, daß wir keine Ruhe finden würden, daß es so nicht weiterging. Ich wartete nur noch darauf, daß etwas passierte ... Du kannst mir glauben, wenn du keine Dummheit gemacht hättest, hätte ich sie gemacht ... Du hast sie mir nur abgenommen.«

»Aber wenn der Wagen gar nicht dir gehört hat, woher wußten sie denn ...« Der Junge schaut zu den beiden Fremden hin, von denen er nun mit Sicherheit annimmt, daß es Kriminalbeamte sind. Wenn dem Mann der Wagen nicht gehört, wie konnten sie ihn dann finden?

»Ich hatte die Anmeldeformulare im Handschuhfach liegen«, erklärt der Mann. »Sie brauchten auf dem Campingplatz nur nach Werner Schuster fragen. Aber ehrlich, ich war froh, als sie kamen. Ich war ja reineweg verrückt vor Angst um dich. Du weg, und auch der Wagen, da mußte ja was passiert sein.«
Der Doktor schaut auf seine Armbanduhr. »Machen Sie langsam Schluß«, bittet er. »Der Junge braucht Ruhe.«
»Mit wem hast du so oft telefoniert?« Der Junge möchte nicht, daß der Mann so geht. Er möchte, daß sie sich anders trennen, daß irgend etwas geschieht.
»Mit meinem Bruder. Er weiß alles; kurz nachdem wir *Fietjes Krog* verlassen haben, habe ich es ihm gesagt. Er riet mir bei jedem Anruf, mich der Polizei zu stellen . . . Ich hab's nicht fertiggebracht.«
»Wie lange . . . ich meine . . .?«
Der Mann versteht. »Ich weiß es nicht. Ich habe da keine Erfahrung.«
Der Junge schaut die beiden Kriminalbeamten an. »Das können wir dir auch nicht sagen«, erklärt der eine der beiden. »Das liegt in jedem Fall anders.« Er wendet sich an den Mann. »Sie sind ja nicht vorbestraft, vielleicht setzt man die Strafe zur Bewährung aus.«
»Du hast mal gesagt, es ist ganz egal, ob einer Türke oder Deutscher ist, wenn man anders ist, als die Mehrheit, hat man es immer schwer. Erinnerst du dich daran?«

Der Junge erinnert sich. Das war an jenem Abend, als sie vor der Apotheke standen, vor der ihn wenige Stunden zuvor die Jungen in den Lederjacken beinahe zusammengeschlagen hätten.
»Ich habe oft darüber nachgedacht«, sagt der Mann, »als Dauerarbeitsloser ist man ja auch anders als die meisten. Und ob du es glaubst oder nicht, man sieht es uns an, nach einiger Zeit sieht man uns unsere Arbeitslosigkeit an, wie man euch eure südliche Herkunft ansieht. Jetzt glaube ich, daß wir eigentlich alle ›Türken‹ sind. Wir wissen's bloß noch nicht.«
Der Doktor räuspert sich. »Es tut mir sehr leid, aber wir müssen jetzt wirklich Schluß machen.«
Der Mann nimmt nochmal die Hand des Jungen. »Es war doch eine schöne Zeit, oder?«
Der Junge nickt nur, er kann jetzt nicht sprechen.
»Wenn du willst, schreib ich dir mal«, sagt der Mann.
»Kellergasse 4«, flüstert der Junge, den Namen und die Stadt weiß der Mann ja.
»Ich schreib dir noch ins Krankenhaus.« Der Mann bedankt sich mit einem Kopfnicken beim Doktor und geht aus dem Zimmer. Aber nur der eine der beiden Kriminalbeamten geht mit ihm hinaus, der andere setzt sich auf das Bett des Jungen, genau auf die Stelle, auf der zuvor der Mann gesessen hatte. »Nun zu uns«, beginnt er. »Ich hab da ein paar Fragen.«

Der Beamte ist gegangen, der Doktor, der ihn, auf seine Uhr deutend, immer wieder mahnend unterbrochen hatte, hat ihn hinausbegleitet.
Er hat dem Kriminalbeamten alle Fragen beantwortet, hat ehrlich ausgesagt – daß der Mann dabei so gut wegkam, ist nicht seine Schuld. Nun liegt er da, seltsam ermattet, seltsam munter. Es war zuviel, was da auf ihn eingestürzt ist, er benötigt Zeit, um alles zu begreifen, eins aber weiß er jetzt schon: Es mußte alles so kommen, anders wäre ihre Freundschaft nicht möglich gewesen.

# 16

Die Mutter hat die mitgebrachte Wäsche in den Schrank gelegt, nun steht sie neben dem Vater vor dem Bett, zerknüllt ihr Taschentuch in den Händen, weint aber nicht. Der Vater kraust die Stirn und schweigt.
Der Doktor mißt dem Jungen den Puls. Er hat das erst vor einer knappen Stunde getan, der Junge begreift: er tut es noch einmal, weil er ihn nicht mit den Eltern allein lassen will, jedenfalls nicht gleich.
Die Mutter hat ihn zur Begrüßung geküßt, der Vater hat

ihm nur zugenickt und ihn angesehen. Der Blick unter den dichten schwarzen Augenbrauen aber verriet: alles, was er getan hat, hat den Vater zutiefst gekränkt; das lange Zusammensein mit einem fremden Mann jedoch hält er für Verrat; dieser Verrat macht ihm zu schaffen, mehr als alles andere.

Der Doktor lobt den Jungen. Er nennt ihn seinen geduldigsten Patienten, preist seine Vernunft. Der Vater widerspricht dem deutschen Arzt nicht: Familienangelegenheiten sind Familienangelegenheiten, Fremde haben sich dazu nicht zu äußern, und Deutsche schon gar nicht.

Die Mutter schneuzt sich ungeduldig. Sie will, daß der Arzt endlich weggeht, damit sie miteinander reden können.

Der Doktor blickt besorgt. »Ich lasse Sie jetzt mit dem Jungen allein«, sagt er zu den Eltern. »Aber ich bitte Sie, ihm keine Vorwürfe zu machen, jede Aufregung, jede plötzliche Bewegung kann ihm einen schweren Schaden zufügen.«

»Wir lieben unseren Sohn.« Der Vater sagt es leise und doch so, daß der Arzt seine heimliche Empörung spürt.

»Das weiß ich.« Ernst geht der Doktor aus dem Zimmer.

»Junge, was hast du getan?« platzt die Mutter auf türkisch heraus, als die Tür sich hinter dem Arzt geschlossen hat. »Wie konntest du nur so etwas tun, einen Wagen stehlen . . .«

»Still!« unterbricht sie der Vater und tritt von der Seite her näher an das Bett heran. Sein dichter Schnurrbart zittert, als er fragt: »Siehst du ein, nicht richtig gehandelt zu haben? Sag ja, und ich will alles vergessen.«
Er hat nicht richtig gehandelt, sein Fortlaufen, darüber ist er sich, seit er soviel Zeit zum Nachdenken hat, im klaren, sollte die Eltern erpressen: Entweder ihr ändert eure Entscheidung oder ihr verliert mich. Das war nicht richtig, das sieht er ein, aber an dem Anlaß dieser Handlung, an seiner Weigerung, Deutschland zu verlassen, hat sich nichts geändert. Wie soll er das dem Vater beibringen, der Vater erwartet Einsicht, Reue . . .
»Warum sagst du nichts?«
Der Vater will nur sein Bestes, aber er läßt ihn nicht mitreden dabei, was sein Bestes ist. Die Eltern haben zwar nachgedacht in all der Zeit, in der er fort war, aber sie haben nicht über sich nachgedacht, nur über ihn.
»Antworte deinem Vater«, mahnt die Mutter. »Er reicht dir die Hand zur Versöhnung.«
Tatsächlich, der Vater streckt die Hand aus. »Sei wieder mein Sohn«, bittet er.
Der Junge nimmt die Hand, will aber nicht, daß diese Geste falsch verstanden wird. »Ich komme nach Hause zurück«, sagt er, »aber ich will kein Aleman sein.« Er spricht türkisch, weil die Eltern türkisch mit ihm reden, aber die Sprache erscheint ihm nun, da er tagelang kein türkisches Wort gesprochen hat, noch fremder als zuvor.

»Kein Aleman!« Der Vater zieht so heftig seine Hand zurück, daß die Hand des Jungen auf die Bettdecke zurückfällt. »Natürlich bis du kein Aleman, du bist ein Türke, kein Aleman.«
»In der Türkei bin ich ein Aleman, nur in Deutschland bin ich ein Türke.«
»Du willst also lieber in der Fremde ein Fremder sein?« Wie oft haben sie schon darüber gesprochen, der Vater versteht ihn immer noch nicht; er hat Tränen in den Augen, schämt sich dafür, wagt aber nicht, sich vor seinem Sohn über die Augen zu fahren.
»Du bist vielleicht im ersten Jahr ein Aleman, nach zwei, drei Jahren wirst du so gut Türkisch sprechen, daß niemand mehr einen Unterschied bemerkt«, unterstützt die Mutter den Vater. Sie ist wie immer seiner Meinung, sagt nur, was der Vater sagt. Wenn sie wüßte, daß auch das zu den Dingen gehört, die ihn stören. Dusans Eltern stritten oft miteinander und nicht immer behielt Dusans Vater recht.
»Es ist nicht nur die Sprache. Ich will hierbleiben, hier ist meine Heimat.« Er wiederholt sich auch, sagt auch nur das bereits hundertfach Gesagte.
»Deine Heimat! Sie haben auf dich geschossen, haben auf ein Kind geschossen!« Der Vater kann nicht länger ruhig bleiben, er beginnt im Zimmer auf und ab zu wandern, kaut dabei, wie immer, wenn er aufgeregt ist, an seinen Schnurrbartenden herum.

»Aber sie wußten ja nicht, daß ich in dem Auto sitze. Es hätte ja auch ein Erwachsener sein können, ein Verbrecher.«

»Denkst du, das war ein Einzelfall? Lies mal die Zeitungen, immer wieder schreiben sie über die Schießwut der deutschen Polizei. Vierzehn-, Fünfzehn-, Siebzehnjährige erschießen sie. Dich hätten sie auch treffen können. Es war Zufall, daß sie dich nicht getroffen haben. – Ein Land, in dem so etwas immer wieder vorkommt, nennst du deine Heimat.«

»Es sind ja nicht alle so, es gibt ja auch andere.«

»Wer denn? Etwa dieser Autodieb?«

»Ja. Er ist anders, er . . .«

»Widersprich nicht immer! Ein Sohn gehört zu seinen Eltern und nirgendwo sonst hin.« Der Vater ist stehengeblieben. »Das gibt's auf der ganzen Welt nicht, daß ein Sohn entscheidet, wo die Eltern zu leben haben.«

»Dann laßt mich doch hier, geht allein zurück. Ich besuche euch . . . ich . . .« Der Junge bricht ab. Zum ersten Mal hat er gesagt, was sein heimlicher Wunsch ist. Er weiß, daß es ein unerfüllbarer Wunsch ist; um keinen Preis der Welt würden die Eltern ihn allein in Deutschland zurücklassen. Er wüßte ja auch gar nicht, wovon er leben sollte. Trotzdem: Es ist die einzige Möglichkeit, nur so können die Eltern und er sich verständigen, nur so ist es möglich, daß die Eltern und er dort leben können, wo sie leben wollen.

Die Mutter preßt sich das Taschentuch vor den Mund, als müsse sie einen Schrei ersticken. Der Vater steht stumm da, sieht ihn nur an. Der Junge will sich erklären, will sagen, daß es so für alle das Beste sei, doch der Vater unterbricht ihn. »Wer?« fragt er leise. »Wer hat dir das eingeflüstert?« Und dann schreit er: »Dieser Verbrecher etwa, mit dem du dich herumgetrieben hast?«
Der Junge antwortet nicht, es hat keinen Sinn, mit dem Vater zu reden. Der Vater wird nie verstehen, daß sein Sohn in Deutschland kein Fremder geblieben, sondern inzwischen hier zu Hause ist, und daß es für ihn gar keine Rolle spielt, ob er den Deutschen willkommen ist oder nicht, weil er hierhergehört, ob es ihm paßt oder nicht.
Der Vater redet sich immer weiter in Rage, schimpft auf den Mann, auf die Sturheit der Deutschen, die von den Ausländern erwarten, daß sie sich ihnen bereitwillig unterordnen, und auf den Sohn, der lieber Deutscher sein will als Türke. Er erzählt wieder von den ersten schweren Jahren in Deutschland, wie er sich bemüht hat, es den Deutschen recht zu machen – und wie ihm das gedankt wird, von den Deutschen und vom eigenen Sohn. Die Mutter weint nun doch, sie weint in ihr Taschentuch und nickt ununterbrochen mit dem Kopf.
Der Vater bleibt schweratmend stehen. »Wenn wir zu Hause wären . . .«
»Wenn wir zu Hause wären, würdest du gar nicht erst

mit mir reden«, fällt der Junge dem Vater ins Wort. »Zu Hause würdest du mir so befehlen, wie du Mutter befiehlst. Aber wir sind nicht zu Hause, und ich kehre auch deshalb nicht mit euch in die Türkei zurück. Ich will genauso leben können wie die Deutschen.«
»Leben wie die Deutschen? Eltern haben, die sich nicht um dich kümmern, denen es egal ist, ob du früh mit Schmutz in Berührung kommst und in diesem Schmutz erstickst?« Der Vater kann nur noch schwer an sich halten, der Zorn färbt sein Gesicht dunkel. Er geht zum Fenster, schaut hinaus, verschränkt die Arme auf dem Rücken und sagt, nachdem er einige Zeit schweigend hinausgeblickt hat, ohne sich umzudrehen: »Wir können nicht länger warten, wir müssen jetzt in die Heimat zurückkehren. Es heißt, die Deutschen zahlen nur denen eine Rückkehrhilfe, die das Land jetzt verlassen. Selbst wenn das nicht viel ist und wir darauf verzichten würden, viele sind schon heimgekehrt und noch mehr werden ihnen folgen: je später wir kommen, desto schwieriger wird es.«
Eine Zeitlang ist es still im Zimmer. Die Mutter sieht den Jungen flehend an. Der Junge blickt weg.
»Die Rückkehrhilfe und das, was ich von der Rentenversicherung zurückbezahlt bekomme, würde für einen Anfang zu Hause reichen. Dieses Angebot zu nutzen, ist unsere einzige Chance.«
Wieder diese Stille.

Der Vater dreht sich um. »Überleg dir, was du sagst, wenn wir morgen wiederkommen.« Er nimmt die Mutter am Arm. Die Mutter beugt sich übers Bett. »Bitte, Yasar! Habe ein Einsehen.«

Ein langer Flur mit vielen Türen. Ist das ein Krankenhaus oder ein Gefängnis? Es ist ein Gefängnis, die Fenster in den Türen haben Gitter, und hinter den Gittern sind Gesichter, die ihn anschauen.
Er sucht den Mann, hinter einer dieser Türen muß der Mann sein.
Ein neuer Flur, noch länger als der erste, ganz hinten am Ende des Flures sitzt der Mann. Er sitzt vor seinem Zelt und kocht auf dem Spirituskocher Tee. »Da bist du ja endlich«, sagt er. »Wir wollen doch schwimmen gehen.« Er öffnet eine der Zellentüren und schiebt ihn in den Raum dahinter. Aber hinter der Tür ist kein Raum, ist ein See, ein nicht sehr großer, aber tiefschwarzer nächtlicher See.
Sie schwimmen. Das Wasser ist angenehm kühl, sie schwimmen immer weiter. Am Ufer stehen die Eltern, sie rufen, er aber schwimmt dem Mann hinterher, bis er ihn nicht mehr sieht. Voller Angst taucht er, um den Mann unter Wasser wiederzufinden. Der Mann darf nicht ertrinken, er braucht den Mann doch.
Er kann nichts sehen, um ihn herum ist nur Schwärze. Er will den Mann rufen, aber kann er unter Wasser

rufen? Er versucht es, schluckt Wasser, schlägt um sich, wacht auf.
Der Junge beruhigt sich nur langsam, sein Herz klopft wie wild, der Druck auf der Brust ist schlimmer geworden.
Der Mann und er sitzen auf einem Steg. Die Sonne, die über dem Wasser liegt, ist grell, sie blendet sie. Er zeigt dem Mann einen Schwarm Vögel, der über sie hinwegfliegt. »Zugvögel«, sagt er und lacht.
Sie sehen den Vögeln nach, bis der Schwarm sich in viele tausend Punkte verwandelt und schließlich ganz aufgelöst hat.
»Die Wärme«, sagt der Mann. »Die Wärme, weißt du.«
Er friert, ihm ist hundekalt; der Mann ist fort, er sitzt allein am zugefrorenen See, um ihn ist nichts als Schnee und Eis.
Wieder erwacht der Junge und nun schläft er nicht mehr ein. Er bleibt wach, bis der Morgen graut. Erst viel später, als die Sonne ins Zimmer flutet, schläft er wieder ein.

# 17

Der Junge steht im Gang des Zuges und schaut aus dem Fenster. Eine Wiesenlandschaft zieht vorbei, Felder, die nun schon teilweise abgeerntet sind, Wälder, die nach der langen Trockenperiode eher braun als grün sind. Es ist dieselbe Landschaft, durch die der Mann und er gefahren sind, und doch, sie hat sich in der Zeit, die dazwischenliegt, verändert; was war, ist vergangen, verwischt, verweht . . .
Vier Wochen hat er im Krankenhaus gelegen, die letzten drei davon mit zwei anderen Jungen zusammen. Er wäre lieber allein geblieben. Die beiden deutschen Jungen freundeten sich miteinander an, ihn schlossen sie aus. Sie waren nicht unfreundlich zu ihm, sie fragten ihn mal dieses und mal jenes, aber von Anfang an war klar, daß die beiden Deutschen zusammengehörten und er ein Außenseiter bleiben würde.
Eine Landstraße, ein BMW, kein blauer, ein roter. Eine Familie sitzt in dem Wagen, das kleine Mädchen auf dem Rücksitz winkt dem Zug, irgendwo wird zurückgewinkt.
Der Junge geht ins Abteil zurück. Er hat es für sich allein, es ist Vormittag, der Zug ist fast leer.
Er hat einen Fensterplatz, im Gepäcknetz über seinem Platz liegen die Zelte des Mannes, das alte Zelt aus

seiner Kindheit – und das neue. Als er sich am Morgen anzog und auf den Doktor wartete, der sich während der Visite von ihm verabschieden wollte, schaute er zum ersten Mal in das Paket. Der Mann hatte ihm beide Zelte gebracht, auch das Angelzeug, den Spirituskocher und die Taschenlampe hatte er ihm, alles zu einem Paket verschnürt, überlassen.

Als der erste Brief kam, bedankte er sich in seinem Antwortbrief für das Zelt, da wußte er noch nicht, daß mehr in dem Paket war; er schrieb dem Mann, daß er das alte Zelt für sie beide aufbewahren wollte. Dann kam ihm das verlogen vor, er zerriß den Brief und schrieb einen neuen. Auch dieser, unter dem blechernen Gequäke der Transistormusik, die die beiden Jungen fast den ganzen Tag abdudelten, geschriebene Brief wurde kein guter Brief. Er hatte lange überlegt, ob er ihn abschicken sollte. Schließlich tat er es doch, weil er wußte, daß der Mann auf Antwort wartete.

Zu Hause wird er dem Mann nicht mehr schreiben können. Die Eltern werden die Briefe abfangen, die der Mann ihm schickt. Briefe schreiben, ohne je eine Antwort zu bekommen, das hält er nicht lange durch, das weiß er.

Die Eltern sind nur noch einmal dagewesen, gleich am Tag danach. Länger hatte der Vater nicht freinehmen können. Auch wäre das Hotel auf die Dauer zu teuer gekommen.

Sie hatten ihn nicht noch einmal gefragt, ob er inzwischen seine Meinung geändert hatte; sie taten, als sei alles entschieden. Der Vater gab ihm zwanzig Mark, er sollte sich dafür ab und zu einmal was kaufen; in dem Krankenhaus gab es einen kleinen Laden mit Konserven, Eis, Süßigkeiten und Zeitungen. Die beiden anderen Jungen waren jeden Tag in dem Laden, er hat sich nichts gekauft, hat nichts gebraucht.
Die Fahrkarte für den Zug und das Geld für den Bus hat der Vater ihm geschickt. In spätestens zwei Stunden wird er zu Hause sein, in knapp einer Woche beginnt die Schule wieder.
Der Junge lehnt den Kopf an die Fensterscheibe, schaut eine Zeitlang hinaus, schließt dann die Augen. Er kann diese Landschaft nicht sehen, ohne an den Mann zu denken und an ihre Fahrt. Die Gedanken daran aber schmerzen.

Der Bus fährt durch die vertrauten Straßen. Der Junge steht neben der Tür, zählt die Stationen.
Wenn er nicht aussteigt, wenn er weiterfährt bis zur Endstation und zwanzig Minuten zu Fuß weitergeht, ist er wieder an dem See, an dem der Mann und er sich trafen. Er hat zwei Zelte dabei, Taschenlampe, Spirituskocher, Angelzeug. Er hat alles, was er braucht, und zwanzig Mark dazu. Er könnte es einige Zeit aushalten . . .

Noch zwei Stationen.
Wie er die Mutter kennt, wird sie am Fenster stehen, Ausschau nach ihm halten. Aber sehen kann sie ihn nicht, wenn er nicht aussteigt.
Noch eine Station.
Er muß sich entscheiden.
Da, die Mutter. Sie steht im Fenster, schaut auf den Bus hinunter.
Wer weiß, wie lange sie schon so dasteht!
Der Bus hält. Der Junge nimmt sein Paket und steigt aus.

# KLAUS KORDON

Jahrgang 1943, geboren und aufgewachsen in Berlin, versuchte sich in mehreren Berufen, studierte Volkswirtschaft und unternahm als Exportkaufmann Reisen nach Asien und Afrika.
Erste Veröffentlichung 1977. Seit 1980 freiberuflicher Schriftsteller mit besonderer Hinwendung zur Kinder- und Jugendliteratur. Seine Bücher wurden in verschiedene Sprachen übersetzt und erhielten in- und ausländische Auszeichungen.
1982 erhielt er den Friedrich-Gerstäcker-Preis der Stadt Braunschweig.

## Im Spectrum-Verlag erschienen von Klaus Kordon

### für Kinder

Möllmannstraße 48
Eine Stadt voller Bäume
Kichererbsen (Hrsg.)

### für Jugendliche

Henner oder 10 Tage wie ein Jahr
Die Einbahnstraße

### für junge Erwachsene

Querverbindung oder Man gibt Laut – 55 Gedichte
Immer feste druff! Ein Postkartenbuch